半小时 国学课堂

给孩子的
半小时
声律启蒙课

张弓 著　杨咩 绘

长江出版传媒 | 崇文书局

图书在版编目（CIP）数据

给孩子的半小时声律启蒙课 / 张弓著；杨咩绘 . --
武汉：崇文书局，2023.6
（半小时国学课堂）
ISBN 978-7-5403-7086-2

Ⅰ . ①给… Ⅱ . ①张… ②杨… Ⅲ . ①诗词格律—中
国—启蒙读物 Ⅳ . ① I207.21

中国国家版本馆 CIP 数据核字（2023）第 092510 号

责任编辑：李利霞
责任校对：董　颖
装帧设计：刘嘉鹏　杨　艳
责任印制：李佳超

给孩子的半小时声律启蒙课
GEI HAIZI DE BANXIAOSHI SHENGLÜQIMENG KE

出版发行：长江出版传媒｜崇文书局
地　　址：武汉市雄楚大街 268 号 C 座 11 层
电　　话：(027)87677133　　邮政编码：430070
印　　刷：湖北新华印务有限公司
开　　本：880mm×1230mm　　1/32
印　　张：7
字　　数：150 千
版　　次：2023 年 6 月第 1 版
印　　次：2023 年 6 月第 1 次印刷
定　　价：46.00 元
（如发现印装质量问题，影响阅读，由本社负责调换）

序

从 2016 年起，我开始给小学生讲《论语》，到现在已经有七八年了。起初，我是给我儿子和他的同学讲；后来，我来到儿子的学校，给全校的同学讲；再后来，我到湖北人民广播电台、各大新媒体平台讲。

这期间，有太多的学生以及共读的家长给我反馈："谢谢杨老师，让我喜欢上了《论语》。""谢谢您，学习《论语》改变了我的孩子！"

这，就是我坚持给小学生和家长们讲《论语》的动力。

《论语》是孔子弟子及其再传弟子关于孔子言行的记录。片言只语，却是应对人生各种问题的灵丹妙药。宋朝的学者朱熹曾说过："天不生仲尼，万古如长夜。"孔子的思想如长夜明灯，照耀人类历史的长空。

小学生学《论语》，离不开"朗读、理解、背诵、书写"，所以我定的学习时长为每天半小时。学习古文，离不开诵读，按照我的背诵小贴士来朗读、背诵，你一定会成为背诵小高手。

这本书还有以下几个特色：

第一，全书通过一个个生动有趣的小故事串联起来，这些故事都是《论语》章句背后的故事。小朋友们看了之后，既可以记住这些名言警句，又能扩充写作素材。

第二，每一课的《论语》章句都是精心挑选，孩子们熟悉的成语很多来自《论语》，如"三思后行""见贤思齐"，通过回溯到原文，帮助学生理解文本，培养文言文语感。

第三，挑选出基本汉字进行讲解。我在讲《论语》的过程中了解到，识字也是文言文阅读的基础。所以，我从《论语》中挑选出基本汉字，从字形、字义演变讲起，力求有趣，让小朋友们容易理解和记忆。

这套"半小时国学课堂"系列书，除了《论语》，还有《声律启蒙》、唐诗和宋词。每一本在讲解的过程中，都穿插了对历史、文化相关背景的介绍，趣味性强。所有栏目的设置，也都秉持一个原则：让孩子喜欢、爱读，让家长便于解说、引导。

现在，和我一起迈进国学的大门吧！

杨红
2023年4月

目录

《声律启蒙》全文诵读 / 1

上卷

1

下卷

『声律启蒙』全文诵读

云对雨，雪对风，晚照对晴空。来鸿对
去燕，宿鸟对鸣虫。三尺剑，六钧弓，岭北
对江东。人间清暑殿，天上广寒宫。两岸
晓烟杨柳绿，一园春雨杏花红。两鬓风霜，
途次早行之客；一蓑烟雨，溪边晚钓之翁。

沿对革，异对同，白叟对黄童。江风对海
雾，牧子对渔翁。颜巷陋，阮途穷，冀北对辽
东。池中濯足水，门外打头风。梁帝讲经
同泰寺，汉皇置酒未央宫。尘虑萦心，懒抚
七弦绿绮；霜华满鬓，羞看百炼青铜。

贫对富，塞对通，野叟对溪童。鬓皤对眉
绿，齿皓对唇红。天浩浩，日融融，佩剑对弯
弓。半溪流水绿，千树落花红。野渡燕穿杨柳
雨，芳池鱼戏荇荷风。女子眉纤，额下现一弯
新月；男儿气壮，胸中吐万丈长虹。

二 冬

春对夏，秋对冬，暮鼓对晨钟。观山对玩水，绿竹对苍松。冯妇虎，叶公龙，舞蝶对鸣蛩。衔泥双紫燕，课蜜几黄蜂。春日园中莺恰恰，秋天塞外雁雍雍。秦岭云横，迢递八千远路；巫山雨洗，嵯峨十二危峰。

明对暗，淡对浓，上智对中庸。镜奁对衣笥，野杵对村舂。花灼烁，草蒙茸，九夏对三冬。台高名戏马，斋小号蟠龙。手擘蟹螯从毕卓，身披鹤氅自王恭。五老峰高，秀插云霄如玉笔；三姑石大，响传风雨若金镛。

仁对义，让对恭，禹舜对羲农。雪花对云叶，芍药对芙蓉。陈后主，汉中宗，绣虎对雕龙。柳塘风淡淡，花圃月浓浓。春日正宜朝看蝶，秋风那更夜闻蛩。战士邀功，必借干戈成勇武；逸民适志，须凭诗酒养疏慵。

lóu duì gé　hù duì chuāng　jù hǎi duì cháng jiāng　róng cháng duì
楼对阁，户对窗，巨海对长江。蓉裳对

huì zhàng　yù jǎ duì yín gāng　qīng bù màn　bì yóu chuáng　bǎo jiàn duì jīn
蕙帐，玉斝对银钉。青布幔，碧油幢，宝剑对金

gāng　zhōng xīn ān shè jì　lì kǒu fù jiā bāng　shì zǔ zhōng xīng yán mǎ
缸。忠心安社稷，利口覆家邦。世祖中兴延马

wǔ　jié wáng shī dào shā lóng páng　qiū yǔ xiāo xiāo　màn làn huáng huā dōu
武，桀王失道杀龙逄。秋雨潇潇，漫烂黄花都

mǎn jìng　chūn fēng niǎo niǎo　fú shū lǜ zhú zhèng yíng chuāng
满径；春风袅袅，扶疏绿竹正盈窗。

jīng duì pèi　gài duì chuáng　gù guó duì tā bāng　qiān shān duì
旌对旆，盖对幢，故国对他邦。千山对

wàn shuǐ　jiǔ zé duì sān jiāng　shān jí jí　shuǐ cóng cóng　gǔ zhèn duì zhōng
万水，九泽对三江。山岌岌，水淙淙，鼓振对钟

zhuàng　qīng fēng shēng jiǔ shè　hào yuè zhào shū chuāng　zhèn shàng dǎo gē
撞。清风生酒舍，皓月照书窗。阵上倒戈

xīn zhòu zhàn　dào páng xì jǐng zǐ yīng xiáng　xià rì chí táng　chū mò yù bō
辛纣战，道旁系颈子婴降。夏日池塘，出没浴波

ōu duì duì　chūn fēng lián mù　wǎng lái yíng lěi yàn shuāng shuāng
鸥对对；春风帘幕，往来营垒燕双双。

zhū duì liǎng　zhī duì shuāng　huà yuè duì xiāng jiāng　zhāo chē duì jìn
铢对两，只对双，华岳对湘江。朝车对禁

gǔ　sù huǒ duì hán gāng　qīng suǒ tà　bì shā chuāng　hàn shè duì zhōu
鼓，宿火对寒缸。青琐闼，碧纱窗，汉社对周

bāng　shēng xiāo míng xì xì　zhōng gǔ xiǎng chuāng chuāng　zhǔ bù qī
邦。笙箫鸣细细，钟鼓响拟拟。主簿栖

luán míng yǒu lǎn　zhì zhōng zhǎn jì xìng wéi páng　sū wǔ mù yáng
鸾名有览，治中展骥姓惟庞。苏武牧羊，

xuě lǚ cān yú běi hǎi　zhuāng zhōu huó fù　shuǐ bì jué yú xī jiāng
雪屡餐于北海；庄周活鲋，水必决于西江。

4

chá duì jiǔ　fù duì shī　yàn zi duì yīng ér　zāi huā duì zhòng zhú
茶对酒，赋对诗，燕子对莺儿。栽花对种竹，
luò xù duì yóu sī　sì mù jié　yì zú kuí　qú yù duì lù sī　bàn chí
落絮对游丝。四目颉，一足夔，鸲鹆对鹭鸶。半池
hóng hàn dàn　yí jià bái tú mí　jǐ zhèn qiū fēng néng yìng hòu
红菡萏，一架白荼蘼。几阵秋风能应候，
yì lí chūn yǔ shèn zhī shí　zhì bó ēn shēn guó shì tūn biàn xíng zhī tàn
一犁春雨甚知时。智伯恩深，国士吞变形之炭；
yáng gōng dé dà　yì rén shù duò lèi zhī bēi
羊公德大，邑人竖堕泪之碑。

xíng duì zhǐ　sù duì chí　wǔ jiàn duì wéi qí　huā jiān duì cǎo zì
行对止，速对迟，舞剑对围棋。花笺对草字，
zhú jiǎn duì máo zhuī　fén shuǐ dǐng　xiàn shān bēi　hǔ bào duì xióng pí
竹简对毛锥。汾水鼎，岘山碑，虎豹对熊罴。
huā kāi hóng jǐn xiù　shuǐ yàng bì liú li　qù fù yīn tàn lín shè zǎo　chū
花开红锦绣，水漾碧琉璃。去妇因探邻舍枣，出
qī wèi zhòng hòu yuán kuí　dí yùn hé xié　xiān guǎn qià cóng yún lǐ jiàng
妻为种后园葵。笛韵和谐，仙管恰从云里降；
lǔ shēng yī yà　yú zhōu zhèng xiàng xuě zhōng yí
橹声咿轧，渔舟正向雪中移。

gē duì jiǎ　gǔ duì qí　zǐ yàn duì huáng lí　méi suān duì lǐ
戈对甲，鼓对旗，紫燕对黄鹂。梅酸对李
kǔ　qīng yǎn duì bái méi　sān nòng dí　yì wéi qí　yǔ dǎ duì
苦，青眼对白眉。三弄笛，一围棋，雨打对
fēng chuī　hǎi táng chūn shuì zǎo　yáng liǔ zhòu mián chí　zhāng jùn céng wèi
风吹。海棠春睡早，杨柳昼眠迟。张骏曾为
huái shù fù　dù líng bú zuò hǎi táng shī　jìn shì tè qí　kě bǐ
槐树赋，杜陵不作海棠诗。晋士特奇，可比
yì bān zhī bào　táng rú bó shí　kān wéi wǔ zǒng zhī guī
一斑之豹；唐儒博识，堪为五总之龟。

来对往，密对稀，燕舞对莺飞。风清对月
朗，露重对烟微。霜菊瘦，雨梅肥，客路对渔
矶。晚霞舒锦绣，朝露缀珠玑。夏暑客思欹石枕，
秋寒妇念寄边衣。春水才深，青草岸边渔父去；
夕阳半落，绿莎原上牧童归。

宽对猛，是对非，服美对乘肥。珊瑚对玳
瑁，锦绣对珠玑。桃灼灼，柳依依，绿暗对红
稀。窗前莺并语，帘外燕双飞。汉致太平三
尺剑，周臻大定一戎衣。吟成赏月之诗，只
愁月堕；斟满送春之酒，惟憾春归。

声对色，饱对饥，虎节对龙旗。杨花对桂
叶，白简对朱衣。龙也吠，燕于飞，荡荡对巍
巍。春暄资日气，秋冷借霜威。出使振威冯
奉世，治民异等尹翁归。燕我弟兄，载咏棣棠
韡韡；命伊将帅，为歌杨柳依依。

六　鱼

无对有，实对虚，作赋对观书。绿窗 对朱户，
宝马对香车。伯乐马，浩然驴，弋雁对求鱼。分金
齐鲍叔，奉璧蔺相如。掷地金声孙绰赋，回文
锦字窦滔书。未遇殷宗，胥靡困傅岩之筑；既逢
周后，太公舍渭水之渔。

终对始，疾对徐，短褐对华裾。六朝对三国，
天禄对石渠。千字策，八行书，有若对相如。花
残无戏蝶，藻密有潜鱼。落叶舞风高复下，小荷
浮水卷还舒。爱见人长，共服宣尼休假盖；
恐彰己吝，谁知阮裕竟焚车。

麟对凤，鳖对鱼，内史对中书。犁锄对耒耜，
畎浍对郊墟。犀角带，象牙梳，驷马对安车。青
衣能报赦，黄耳解传书。庭畔有人持短剑，门
前无客曳长裾。波浪拍船，骇舟人之水宿；峰
峦绕舍，乐隐者之山居。

七 虞

金对玉，宝对珠，玉兔对金乌。孤舟对短棹，
一雁对双凫。横醉眼，捻吟须，李白对杨朱。
秋霜多过雁，夜月有啼乌。日暖园林花易赏，
雪寒村舍酒难沽。人处岭南，善探巨象口中齿；
客居江右，偶夺骊龙颔下珠。

贤对圣，智对愚，傅粉对施朱。名缰对利锁，
挈榼对提壶。鸠哺子，燕调雏，石帐对郇厨。
烟轻笼岸柳，风急撼庭梧。鸲眼一方端石砚，
龙涎三炷博山炉。曲沼鱼多，可使渔人结网；
平田兔少，漫劳耕者守株。

秦对赵，越对吴，钓客对耕夫。箕裘对杖
履，杞梓对桑榆。天欲晓，日将晡，狡兔对妖
狐。读书甘刺股，煮粥惜焚须。韩信武能平四
海，左思文足赋三都。嘉遁幽人，适志竹篱茅舍；
胜游公子，玩情柳陌花衢。

八 齐

岩对岫，涧对溪，远岸对危堤。鹤长对兔短，水雁对山鸡。星拱北，月流西，汉露对汤霓。桃林牛已放，虞坂马长嘶。叔侄去官闻广受，弟兄让国有夷齐。三月春浓，芍药丛中蝴蝶舞；五更天晓，海棠枝上子规啼。

云对雨，水对泥，白璧对玄圭。献瓜对投李，禁鼓对征鼙。徐稚榻，鲁班梯，凤翥对鸾栖。有官清似水，无客醉如泥。截发惟闻陶侃母，断机只有乐羊妻。秋望佳人，目送楼头千里雁；早行远客，梦惊枕上五更鸡。

熊对虎，象对犀，霹雳对虹霓。杜鹃对孔雀，桂岭对梅溪。萧史凤，宋宗鸡，远近对高低。水寒鱼不跃，林茂鸟频栖。杨柳和烟彭泽县，桃花流水武陵溪。公子追欢，闲骤玉骢游绮陌；佳人倦绣，闷欹珊枕掩香闺。

9

九 佳

河对海，汉对淮，赤岸对朱崖。鹭飞对鱼跃，宝钿对金钗。鱼圉圉，鸟喈喈，草履对芒鞋。古贤尝笃厚，时辈喜诙谐。孟训文公谈性善，颜师孔子问心斋。缓抚琴弦，像流莺而并语；斜排筝柱，类过雁之相挨。

丰对俭，等对差，布袄对荆钗。雁行对鱼阵，榆塞对兰崖。挑荠女，采莲娃，菊径对苔阶。诗成六义备，乐奏八音谐。造律吏哀秦法酷，知音人说郑声哇。天欲飞霜，塞上有鸿行已过；云将作雨，庭前多蚁阵先排。

城对市，巷对街，破屋对空阶。桃枝对桂叶，砌蚓对墙蜗。梅可望，橘堪怀，季路对高柴。花藏沽酒市，竹映读书斋。马首不容孤竹扣，车轮终就洛阳埋。朝宰锦衣，贵束乌犀之带；宫人宝髻，宜簪白燕之钗。

10

十 灰

zēng duì sǔn　bì duì kāi　bì cǎo duì cāng tái　shū qiān duì bǐ jià
增对损，闭对开，碧草对苍苔。书签对笔架，

liǎng yào duì sān tái　zhōu shào hǔ　sòng huán tuí　làng yuàn duì péng lái
两曜对三台。周召虎，宋桓魋，阆苑对蓬莱。

xūn fēng shēng diàn gé　hào yuè zhào lóu tái　què mǎ hàn wén sī bà xiàn
薰风生殿阁，皓月照楼台。却马汉文思罢献，

tūn huáng táng tài jì yí zāi　zhào yào bā huāng　hè hè lì tiān qiū rì
吞蝗唐太冀移灾。照耀八荒，赫赫丽天秋日；

zhèn jīng bǎi lǐ　hōng hōng chū dì chūn léi
震惊百里，轰轰出地春雷。

shā duì shuǐ　huǒ duì huī　yǔ xuě duì fēng léi　shū yín duì zhuàn pǐ
沙对水，火对灰，雨雪对风雷。书淫对传癖，

shuǐ hǔ duì yán wēi　gē jiù qǔ　niàng xīn pēi　wǔ guǎn duì gē tái　chūn
水浒对岩隈。歌旧曲，酿新醅，舞馆对歌台。春

táng jīng yǔ fàng　qiū jú ào shuāng kāi　zuò jiǔ gù nán wàng qū niè　tiáo
棠经雨放，秋菊傲霜开。作酒固难忘曲蘖，调

gēng bì yào yòng yán méi　yuè mǎn yǔ lóu　jù hú chuáng ér kě wán　huā
羹必要用盐梅。月满庾楼，据胡床而可玩；花

kāi táng yuàn　hōng jié gǔ yǐ xī cuī
开唐苑，轰羯鼓以奚催。

xiū duì jiù　fú duì zāi　xiàng zhù duì xī bēi　gōng huā duì yù
休对咎，福对灾，象箸对犀杯。宫花对御

liǔ　jùn gé duì gāo tái　huā bèi lěi　cǎo gēn gāi　tī xiǎn duì wān tái
柳，峻阁对高台。花蓓蕾，草根荄，剔藓对剜苔。

yǔ qián tíng yǐ nào　shuāng hòu zhèn hóng āi　yuán liàng nán chuāng jīn rì
雨前庭蚁闹，霜后阵鸿哀。元亮南窗今日

ào　sūn hóng dōng gé jǐ shí kāi　píng zhǎn qīng yīn　yě wài róng róng ruǎn
傲，孙弘东阁几时开。平展青茵，野外茸茸软

cǎo　gāo zhāng cuì wò　tíng qián yù yù liáng huái
草；高张翠幄，庭前郁郁凉槐。

邪对正，假对真，獬豸对麒麟。韩卢对苏雁，陆橘对庄椿。韩五鬼，李三人，北魏对西秦。蝉鸣哀暮夏，莺啭怨残春。野烧焰腾红烁烁，溪流波皱碧粼粼。行无踪，居无庐，颂成酒德；动有时，藏有节，论著钱神。

哀对乐，富对贫，好友对嘉宾。弹冠对结绶，白日对青春。金翡翠，玉麒麟，虎爪对龙鳞。柳塘生细浪，花径起香尘。闲爱登山穿谢屐，醉思漉酒脱陶巾。雪冷霜严，倚槛松筠同傲岁；日迟风暖，满园花柳各争春。

香对火，炭对薪，日观对天津。禅心对道眼，野妇对宫嫔。仁无敌，德有邻，万石对千钧。滔滔三峡水，冉冉一溪冰。充国功名当画阁，子张言行贵书绅。笃志诗书，思入圣贤绝域；忘情官爵，羞沾名利纤尘。

家对国，武对文，四辅对三军。九经对三史，
菊馥对兰芬。歌北鄙，咏南薰，迩听对遥闻。
召公周太保，李广汉将军。闻化蜀民皆
草偃，争权晋土已瓜分。巫峡夜深，猿啸苦
哀巴地月；衡峰秋早，雁飞高贴楚天云。

欹对正，见对闻，偃武对修文。羊车对鹤
驾，朝旭对晚曛。花有艳，竹成文，马燧对羊欣。
山中梁宰相，树下汉将军。施帐解围嘉
道韫，当垆沽酒叹文君。好景有期，北岭几枝
梅似雪；丰年先兆，西郊千顷稼如云。

尧对舜，夏对殷，蔡茂对刘蕡。山明对水秀，
五典对三坟。唐李杜，晋机云，事父对忠君。
雨晴鸠唤妇，霜冷雁呼群。酒量洪深周仆
射，诗才俊逸鲍参军。鸟翼长随，凤分淘众
禽长；狐威不假，虎也真百兽尊。

十三 元

幽对显，寂对喧，柳岸对桃源。莺朋对燕友，早暮对寒暄。鱼跃沼，鹤乘轩，醉胆对吟魂。轻尘生范甑，积雪拥袁门。缕缕轻烟芳草渡，丝丝微雨杏花村。诣阙王通，献太平十二策；出关老子，著道德五千言。

儿对女，子对孙，药圃对花村。高楼对邃阁，赤豹对玄猿。妃子骑，夫人轩，旷野对平原。鲍巴能鼓瑟，伯氏善吹埙。馥馥早梅思驿使，萋萋芳草怨王孙。秋夕月明，苏子黄岗游赤壁；春朝花发，石家金谷启芳园。

歌对舞，德对恩，犬马对鸡豚。龙池对凤沼，雨骤对云屯。刘向阁，李膺门，唳鹤对啼猿。柳摇春白昼，梅弄月黄昏。岁冷松筠皆有节，春暄桃李本无言。噪晚齐蝉，岁岁秋来泣恨；啼宵蜀鸟，年年春去伤魂。

十四 寒

duō duì shǎo　　 yì duì nán　　 hǔ jù duì lóng pán　　 lóng zhōu duì fèng
多对少，易对难，虎踞对龙蟠。龙舟对凤

niǎn　bái hè duì qīng luán　fēng xī xī　lù tuán tuán　xiù gǔ duì diāo ān
辇，白鹤对青鸾。风浙浙，露溥溥，绣毂对雕鞍。

yú yóu hé yè zhǎo　　 lù lì liǎo huā tān　　 yǒu jiǔ ruǎn diāo xī yòng jiě　wú
鱼游荷叶沼，鹭立蓼花滩。有酒阮貂奚用解，无

yú féng jiá bì xū tán　　 dīng gù mèng sōng　　 kē yè hū rán shēng fù shàng
鱼冯铗必须弹。丁固梦松，柯叶忽然生腹上；

wén láng huà zhú　　 zhī shāo shū ěr zhǎng háo duān
文郎画竹，枝梢倏尔长毫端。

hán duì shǔ　　 shī duì gān　　 lǔ yǐn duì qí huán　　 hán zhān duì nuǎn xí
寒对暑，湿对干，鲁隐对齐桓。寒毡对暖席，

yè yǐn duì chén cān　　 shū zǐ dài　　 zhòng yóu guān　　 jiá rǔ duì hán dān　jiā
夜饮对晨餐。叔子带，仲由冠，郏鄏对邯郸。嘉

hé yōu xià hàn　　 shuāi liǔ nài qiū hán　　 yáng liǔ lù zhē yuán liàng zhái　xìng
禾忧夏旱，衰柳耐秋寒。杨柳绿遮元亮宅，杏

huā hóng yìng zhòng ní tán　　 jiāng shuǐ liú cháng　　 huán rào sì qīng luó dài
花红映仲尼坛。江水流长，环绕似青罗带；

hǎi chán lún mǎn　　 chéng míng rú bái yù pán
海蟾轮满，澄明如白玉盘。

héng duì shù　　 zhǎi duì kuān　　 hēi zhì duì dàn wán　　 zhū lián duì huà
横对竖，窄对宽，黑志对弹丸。朱帘对画

dòng　　 cǎi jiàn duì diāo lán　　 chūn jì lǎo　　 yè jiāng lán　　 bǎi bì duì qiān
栋，彩槛对雕栏。春既老，夜将阑，百辟对千

guān　　 huái rén chēng zú zú　　 bào yì měi bān bān　　 hào mǎ jūn wáng céng shì
官。怀仁称足足，抱义美般般。好马君王曾市

gǔ　　 shí zhū chǔ shì jǐn sī gān　　 shì yǎng shuāng xiān　　 yuán lǐ zhōu zhōng xié
骨，食猪处士仅思肝。世仰双仙，元礼舟中携

guō tài　　 rén chēng lián bì　　 xià hóu chē shàng bìng pān ān
郭泰；人称连璧，夏侯车上并潘安。

xīng duì fèi　fù duì pān　lù cǎo duì shuāng jiān　gē lián duì jiè kòu
兴对废，附对攀，露草对 霜 菅。歌廉对借寇，

xí kǒng duì xī yán　shān lěi lěi　shuǐ chán chán　fèng bì duì tàn huán
习孔对希颜。山 垒 垒，水 潺 潺，奉璧对探环。

lǐ yóu gōng dàn zuò　shī běn zhòng ní shān　lǘ kùn kè fāng jīng bà shuǐ
礼由公旦作，诗本仲尼删。驴困客方经灞水，

jī míng rén yǐ chū hán guān　jǐ yè shuāng fēi　yǐ yǒu cāng hóng cí běi
鸡鸣人已出函关。几夜霜飞，已有苍鸿辞北

sài　shù zhāo wù àn　qǐ wú xuán bào yǐn nán shān
塞；数朝雾暗，岂无玄豹隐南山。

yóu duì shàng　chǐ duì qiān　wù jì duì yān huán　yīng tí duì què
犹对尚，侈对悭，雾鬓对烟鬟。莺啼对鹊

zào　dú hè duì shuāng xián　huáng niú xiá　jīn mǎ shān　jié cǎo duì xián
噪，独鹤对双鹇。黄牛峡，金马山，结草对衔

huán　kūn shān wéi yù jí　hé pǔ yǒu zhū huán　ruǎn jí jiù néng wéi yǎn
环。昆山惟玉集，合浦有珠还。阮籍旧能为眼

bái　lǎo lái xīn ài zhuó yī bān　qī chí bì shì rén　cǎo yī mù shí　yǎo
白，老莱新爱着衣斑。栖迟避世人，草衣木食；窈

tiǎo qīng chéng nǚ　yún bìn huā yán
窕倾城女，云鬓花颜。

yáo duì sòng　liǔ duì yán　shǎng shàn duì chéng jiān　chóu zhōng duì
姚对宋，柳对颜，赏善对惩奸。愁中对

mèng lǐ　qiǎo huì duì chī wán　kǒng běi hǎi　xiè dōng shān　shǐ yuè duì zhēng mán
梦里，巧慧对痴顽。孔北海，谢东山，使越对征蛮。

yín shēng wén pú shàng　lí qǔ tīng yáng guān　xiāo jiàng páo pī rén guì
淫声闻濮上，离曲听阳关。骁将袍披仁贵

bái　xiǎo ér yī zhuó lǎo lái bān　máo shè wú rén　nán què chén āi shēng
白，小儿衣着老莱斑。茅舍无人，难却尘埃生

tà shàng　zhú tíng yǒu kè　shàng liú fēng yuè zài chuāng jiān
榻上；竹亭有客，尚 留 风月在 窗 间。

晴对雨，地对天，天地对山川。山川对草木，赤壁对青田。郏鄏鼎，武城弦，木笔对苔钱。金城三月柳，玉井九秋莲。何处春朝风景好，谁家秋夜月华圆。珠缀花梢，千点蔷薇香露；练横树杪，几丝杨柳残烟。

前对后，后对先，众丑对孤妍。莺簧对蝶板，虎穴对龙渊。击石磬，观韦编，鼠目对鸢肩。春园花柳地，秋沼芰荷天。白羽频挥闲客坐，乌纱半坠醉翁眠。野店几家，羊角风摇沽酒斾；长川一带，鸭头波泛卖鱼船。

离对坎，震对乾，一日对千年。尧天对舜日，蜀水对秦川。苏武节，郑虔毡，涧壑对林泉。挥戈能退日，持管莫窥天。寒食芳辰花烂熳，中秋佳节月婵娟。梦里荣华，飘忽枕中之客；壶中日月，安闲市上之仙。

二　萧

恭对慢，吝对骄，水远对山遥。松轩对竹
槛，雪赋对风谣。乘五马，贯双雕，烛灭对香
消。明蟾常彻夜，骤雨不终朝。楼阁天凉风
飒飒，关河地隔雨潇潇。几点鹭鸶，日暮常飞红
蓼岸；一双鸂鶒，春朝频泛绿杨桥。

开对落，暗对昭，赵瑟对虞韶。辎车对驿骑，
锦绣对琼瑶。羞攘臂，懒折腰，范甑对颜瓢。寒
天鸳帐酒，夜月凤台箫。舞女腰肢杨柳软，佳
人颜貌海棠娇。豪客寻春，南陌草青香阵阵；
闲人避暑，东堂蕉绿影摇摇。

班对马，董对晁，夏昼对春宵。雷声对电
影，麦穗对禾苗。八千路，廿四桥，总角对垂
髫。露桃匀嫩脸，风柳舞纤腰。贾谊赋成伤鹏
鸟，周公诗就托鸱鸮。幽寺寻僧，逸兴岂知俄尔
尽；长亭送客，离魂不觉黯然消。

风对雅，象对爻，巨蟒对长蛟。天文对地理，蟋蟀对螵蛸。龙天矫，虎咆哮，北学对东胶。筑台须垒土，成屋必诛茅。潘岳不忘秋兴赋，边韶常被昼眠嘲。抚养群黎，已见国家隆治；滋生万物，方知天地泰交。

蛇对虺，蜃对蛟，麟薮对鹊巢。风声对月色，麦穗对桑苞。何妥难，子云嘲，楚甸对商郊。五音惟耳听，万虑在心包。葛被汤征因仇饷，楚遭齐伐责包茅。高矣若天，洵是圣人大道；淡而如水，实为君子神交。

牛对马，犬对猫，旨酒对嘉肴。桃红对柳绿，竹叶对松梢。藜杖叟，布衣樵，北野对东郊。白驹形皎皎，黄鸟语交交。花圃春残无客到，柴门夜永有僧敲。墙畔佳人，飘扬竞把秋千舞；楼前公子，笑语争将蹴踘抛。

四 豪

琴对瑟，剑对刀，地迥对天高。峨冠对博带，紫绶对绯袍。煎异茗，酌香醪，虎兕对猿猱。武夫攻骑射，野妇务蚕缲。秋雨一川淇澳竹，春风两岸武陵桃。螺髻青浓，楼外晚山千仞；鸭头绿腻，溪中春水半篙。

刑对赏，贬对褒，破斧对征袍。梧桐对橘柚，枳棘对蓬蒿。雷焕剑，吕虔刀，橄榄对葡萄。一椽书舍小，百尺酒楼高。李白能诗时秉笔，刘伶爱酒每铺糟。礼别尊卑，拱北众星常灿灿；势分高下，朝东万水自滔滔。

瓜对果，李对桃，犬子对羊羔。春分对夏至，谷水对山涛。双凤翼，九牛毛，主逸对臣劳。水流无限阔，山耸有余高。雨打村童新牧笠，尘生边将旧征袍。俊士居官，荣引鹓鸿之序；忠臣报国，誓殚犬马之劳。

20

五　歌

山对水，海对河，雪竹对烟萝。新欢对旧恨，痛饮对高歌。琴再抚，剑重磨，媚柳对枯荷。盘从雨洗，柳线任风搓。饮酒岂知歌醉帽，观棋不觉烂樵柯。山寺清幽，直踞千寻云岭；江楼宏敞，遥临万顷烟波。

繁对简，少对多，里咏对途歌。宦情对旅况，银鹿对铜驼。刺史鸭，将军鹅，玉律对金科。古堤垂靼柳，曲沼长新荷。命驾吕因思叔夜，引车蔺为避廉颇。千尺水帘，今古无人能手卷；一轮月镜，乾坤何匠用功磨。

霜对露，浪对波，径菊对池荷。酒阑对歌罢，日暖对风和。梁父咏，楚狂歌，放鹤对观鹅。史才推永叔，刀笔仰萧何。种橘犹嫌千树少，寄梅谁信一枝多。林下风生，黄发村童推牧笠；江头日出，皓眉溪叟晒渔蓑。

六 麻

松对柏，缕对麻，蚁阵对蜂衙。赪鳞对白鹭，
冻雀对昏鸦。白堕酒，碧沉茶，品笛对吹笳。秋
凉梧堕叶，春暖杏开花。雨长苔痕侵壁砌，月
移梅影上窗纱。飒飒秋风，度城头之筚篥；迟
迟晚照，动江上之琵琶。

优对劣，凸对凹，翠竹对黄花。松杉对杞
梓，菽麦对桑麻。山不断，水无涯，煮酒对烹茶。
鱼游池面水，鹭立岸头沙。百亩风翻陶令秫，一
畦雨熟邵平瓜。闲捧竹根，饮李白一壶之酒；偶
擎桐叶，啜卢仝七碗之茶。

吴对楚，蜀对巴，落日对流霞。酒钱对诗债，
柏叶对松花。驰驿骑，泛仙槎，碧玉对丹砂。设桥
偏送笋，开道竟还瓜。楚国大夫沉汨水，洛阳
才子谪长沙。书簏琴囊，乃士流活计；药炉茶
鼎，实闲客生涯。

七 阳

高对下，短对长，柳影对花香。词人对赋
客，五帝对三王。深院落，小池塘，晚眺对晨
妆。绛霄唐帝殿，绿野晋公堂。寒集谢庄衣
上雪，秋添潘岳鬓边霜。人浴兰汤，事不忘于
端午；客斟菊酒，兴常记于重阳。

尧对舜，禹对汤，晋宋对隋唐。奇花对异卉，
夏日对秋霜。八叉手，九回肠，地久对天长。
一堤杨柳绿，三径菊花黄。闻鼓塞兵方战斗，
听钟宫女正梳妆。春饮方归，纱帽半淹邻舍
酒；早朝初退，衮衣微惹御炉香。

荀对孟，老对庄，韡柳对垂杨。仙宫对梵
宇，小阁对长廊。风月窟，水云乡，蟋蟀对螳
螂。暖烟香霭霭，寒烛影煌煌。伍子欲酬渔父
剑，韩生尝窃贾公香。三月韶光，常忆花
明柳媚；一年好景，难忘橘绿橙黄。

八 庚

shēn duì qiǎn zhòng duì qīng yǒu yǐng duì wú shēng fēng yāo duì dié
深对浅，重对轻，有影对无声。蜂腰对蝶
chì sù zuì duì yú chéng tiān běi quē rì dōng shēng dú wò duì tóng
翅，宿醉对余酲。天北缺，日东生，独卧对同
xíng hán bīng sān chǐ hòu qiū yuè shí fēn míng wàn juàn shū róng xián kè
行。寒冰三尺厚，秋月十分明。万卷书容闲客
lǎn yì zūn jiǔ dài gù rén qīng xīn chǐ táng xuán yàn kàn ní cháng zhī
览，一樽酒待故人倾。心侈唐玄，厌看霓裳之
qū yì jiāo chén zhǔ bǎo wén yù shù zhī gēng
曲；意骄陈主，饱闻玉树之赓。

xū duì shí sòng duì yíng hòu jiǎ duì xiān gēng gǔ qín duì shě sè
虚对实，送对迎，后甲对先庚。鼓琴对舍瑟，
bó hǔ duì qí jīng jīn kē zā yù cōng chēng yù yǔ duì jīn jīng huā
搏虎对骑鲸。金匼匝，玉玼玎，玉宇对金茎。花
jiān shuāng fěn dié liǔ nèi jǐ huáng yīng pín lǐ měi gān lí huò wèi zuì zhōng
间双粉蝶，柳内几黄莺。贫里每甘藜藿味，醉中
yàn tīng guǎn xián shēng cháng duàn qiū guī liáng chuī yǐ qīn chóng bèi lěng
厌听管弦声。肠断秋闺，凉吹已侵重被冷；
mèng jīng xiǎo zhěn cán chán yóu zhào bàn chuāng míng
梦惊晓枕，残蟾犹照半窗明。

yú duì liè diào duì gēng yù zhèn duì jīn shēng zhì chéng duì yàn
渔对猎，钓对耕，玉振对金声。雉城对雁
sài liǔ niǎo duì kuí qīng chuī yù dí nòng yín shēng ruǎn zhàng duì huán
塞，柳袅对葵倾。吹玉笛，弄银笙，阮杖对桓
zhēng mò hū sōng chǔ shì zhǐ hào chǔ xiān sheng lù yì hǎo huā pān yuè
筝。墨呼松处士，纸号楮先生。露浥好花潘岳
xiàn fēng cuō xì liǔ yà fū yíng fǔ dòng qín xián jù jué zuò zhōng fēng
县，风搓细柳亚夫营。抚动琴弦，遽觉座中风
yǔ zhì é chéng shī jù yīng zhī chuāng wài guǐ shén jīng
雨至；哦成诗句，应知窗外鬼神惊。

24

九 青

hóng duì zǐ　　bái duì qīng　　yú huǒ duì chán dēng　　táng shī duì hàn
红对紫，白对青，渔火对禅灯。唐诗对汉

shǐ　　shì diǎn duì xiān jīng　　guī yè wěi　　hè shū líng　　yuè xiè duì fēng tíng
史，释典对仙经。龟曳尾，鹤梳翎，月榭对风亭。

yì lún qiū yè yuè　　jǐ diǎn xiǎo tiān xīng　　jìn shì zhǐ zhī shān jiǎn zuì　　chǔ
一轮秋夜月，几点晓天星。晋士只知山简醉，楚

rén shuí shí qū yuán xǐng　　juàn xiù jiā rén　　yōng bǎ yuān yāng wén zuò zhěn
人谁识屈原醒。倦绣佳人，慵把鸳鸯文作枕；

shǔn háo huà zhě　　sī jiāng kǒng què xiě wéi píng
吮毫画者，思将孔雀写为屏。

xíng duì zuò　　zuì duì xǐng　　pèi zǐ duì yū qīng　　qí píng duì bǐ jià
行对坐，醉对醒，佩紫对纡青。棋枰对笔架，

yǔ xuě duì léi tíng　　kuáng jiá dié　　xiǎo qīng tíng　　shuǐ àn duì shā tīng　　tiān
雨雪对雷霆。狂蛱蝶，小蜻蜓，水岸对沙汀。天

tái sūn chuò fù　　jiàn gé mèng yáng míng　　chuán xìn zǐ qīng qiān lǐ yàn
台孙绰赋，剑阁孟阳铭。传信子卿千里雁，

zhào shū chē yìn yì náng yíng　　rǎn rǎn bái yún　　yè bàn gāo zhē qiān lǐ yuè
照书车胤一囊萤。冉冉白云，夜半高遮千里月；

chéng chéng bì shuǐ　　xiāo zhōng hán yìng yì tiān xīng
澄澄碧水，宵中寒映一天星。

shū duì shǐ　　zhuàn duì jīng　　yīng wǔ duì jí líng　　huáng máo duì bái
书对史，传对经，鹦鹉对鹡鸰。黄茅对白

dí　　lù cǎo duì qīng píng　　fēng rào duó　　yǔ lín líng　　shuǐ gé duì shān tíng
荻，绿草对青萍。风绕铎，雨淋铃，水阁对山亭。

zhǔ lián qiān duǒ bái　　àn liǔ liǎng háng qīng　　hàn dài gōng zhōng shēng xiù zuò
渚莲千朵白，岸柳两行青。汉代宫中生秀柞，

yáo shí jiē pàn zhǎng xiáng míng　　yì píng jué shèng　　qí zǐ fēn hēi bái　　bàn
尧时阶畔长祥蓂。一枰决胜，棋子分黑白；半

fú tōng líng　　huà sè jiàn dān qīng
幅通灵，画色间丹青。

十　蒸

新对旧，降对升，白犬对苍鹰。葛巾对藜杖，涧水对池冰。张兔网，挂鱼罾，燕雀对鹍鹏。炉中煎药火，窗下读书灯。织锦逐梭成舞凤，画屏误笔作飞蝇。宴客刘公，座上满斟三雅爵；迎仙汉帝，宫中高插九光灯。

儒对士，佛对僧，面友对心朋。春残对夏老，夜寝对晨兴。千里马，九霄鹏，霞蔚对云蒸。寒堆阴岭雪，春泮水池冰。亚父愤生撞玉斗，周公誓死作金縢。将军元晖，莫怪人讥为饿虎；侍中卢昶，难逃世号作饥鹰。

规对矩，墨对绳，独步对同登。吟哦对讽咏，访友对寻僧。风绕屋，水襄陵，紫鹊对苍鹰。鸟寒惊夜月，鱼暖上春冰。扬子口中飞白凤，何郎鼻上集青蝇。巨鲤跃池，翻几重之密藻；颠猿饮涧，挂百尺之垂藤。

荣对辱，喜对忧，夜宴对春游。燕关对楚水，
蜀犬对吴牛。茶敌睡，酒消愁，青眼对白头。马
迁修史记，孔子作春秋。适兴子猷常泛棹，思
归王粲强登楼。窗下佳人，妆罢重将金插
鬓；筵前舞妓，曲终还要锦缠头。

　唇对齿，角对头，策马对骑牛。毫尖对笔
底，绮阁对雕楼。杨柳岸，荻芦洲，语燕对啼
鸠。客乘金络马，人泛木兰舟。绿野耕夫春
举耜，碧池渔父晚垂钩。波浪千层，喜见蛟
龙得水；云霄万里，惊看雕鹗横秋。

　庵对寺，殿对楼，酒艇对渔舟。金龙对彩凤，
豮豕对童牛。王郎帽，苏子裘，四季对三秋。峰
峦扶地秀，江汉接天流。一湾绿水渔村小，万里
青山佛寺幽。龙马呈河，羲皇阐微而画卦；
神龟出洛，禹王取法以陈畴。

méi duì mù　　kǒu duì xīn　　jǐn sè duì yáo qín　　xiǎo gēng duì hán diào
眉对目，口对心，锦瑟对瑶琴。晓耕对寒钓，

wǎn dí duì qiū zhēn　　sōng yù yù　　zhú sēn sēn　　mǐn sǔn duì zēng shēn　　qín
晚笛对秋砧。松郁郁，竹森森，闵损对曾参。秦

wáng qīn jī fǒu　　yú dì zì huī qín　　sān xiàn biàn hé cháng qì yù　　sì zhī
王亲击缶，虞帝自挥琴。三献卞和尝泣玉，四知

yáng zhèn gù cí jīn　　jì jì qiū zhāo　　tíng yè yīn shuāng cuī nèn sè　　chén
杨震固辞金。寂寂秋朝，庭叶因霜摧嫩色；沉

chén chūn yè　　qì huā suí yuè zhuǎn qīng yīn
沉春夜，砌花随月转清阴。

qián duì hòu　　gǔ duì jīn　　yě shòu duì shān qín　　jiān niú duì pìn mǎ
前对后，古对今，野兽对山禽。犍牛对牝马，

shuǐ qiǎn duì shān shēn　　zēng diǎn sè　　dài kuí qín　　pú yù duì hún jīn
水浅对山深。曾点瑟，戴逵琴，璞玉对浑金。

yàn hóng huā nòng sè　　nóng lǜ liǔ fū yīn　　bù yǔ tāng wáng fāng jiǎn zhǎo
艳红花弄色，浓绿柳敷阴。不雨汤王方剪爪，

yǒu fēng chǔ zǐ zhèng pī jīn　　shū shēng xī zhuàng suì sháo huá　　cùn yīn chǐ
有风楚子正披襟。书生惜壮岁韶华，寸阴尺

bì　　yóu zǐ ài liáng xiāo guāng jǐng　　yí kè qiān jīn
璧；游子爱良宵光景，一刻千金。

sī duì zhú　　jiàn duì qín　　sù zhì duì dān xīn　　qiān chóu duì yí zuì
丝对竹，剑对琴，素志对丹心。千愁对一醉，

hǔ xiào duì lóng yín　　zǐ hǎn yù　　bù yí jīn　　wǎng gǔ duì lái jīn
虎啸对龙吟。子罕玉，不疑金，往古对来今。

tiān hán zōu chuī lǜ　　suì hàn fù wéi lín　　qú shuō zǐ guī wéi dì pò　　nóng
天寒邹吹律，岁旱傅为霖。渠说子规为帝魄，侬

zhī kǒng què shì jiā qín　　qū zǐ chén jiāng　　chù chù zhōu zhōng zhēng xì zòng
知孔雀是家禽。屈子沉江，处处舟中争系粽；

niú láng dù zhǔ　　jiā jiā tái shàng jìng chuān zhēn
牛郎渡渚，家家台上竞穿针。

千对百，两对三，地北对天南。佛堂对仙洞，道院对禅庵。山泼黛，水浮蓝，雪岭对云潭。凤飞方翙翙，虎视已眈眈。窗下书生时讽咏，筵前酒客日耽酣。白草满郊，秋日牧征人之马；绿桑盈亩，春时供农妇之蚕。

将对欲，可对堪，德被对恩覃。权衡对尺度，雪寺对云庵。安邑枣，洞庭柑，不愧对无惭。魏徵能直谏，王衍善清谈。紫梨摘去从山北，丹荔传来自海南。攘鸡非君子所为，但当月一；养狙是山公之智，止用朝三。

中对外，北对南，贝母对宜男。移山对浚井，谏苦对言甘。千取百，二为三，魏尚对周堪。海门翻夕浪，山市拥晴岚。新缔直投公子纻，旧交犹脱馆人骖。文达淹通，已咏冰分寒过水；永和博雅，可知青者胜于蓝。

悲对乐，爱对嫌，玉兔对银蟾。醉侯对诗史，
眼底对眉尖。风习习，月纤纤，李苦对瓜甜。画
堂施锦帐，酒市舞青帘。横槊赋诗传孟德，
引壶酌酒尚陶潜。两曜迭明，日东生而月西
出；五行式序，水下润而火上炎。

如对似，减对添，绣幕对朱帘。探珠对献玉，
鹭立对鱼潜。玉屑饭，水晶盐，手剑对腰镰。燕
巢依邃阁，蛛网挂虚檐。夺槊至三唐敬德，弈棋
第一晋王恬。南浦客归，湛湛春波千顷净；西
楼人悄，弯弯夜月一钩纤。

逢对遇，仰对瞻，市井对闾阎。投簪对结
绶，握发对掀髯。张绣幕，卷珠帘，石硊对江
淹。宵征方肃肃，夜饮已厌厌。心褊小人长戚
戚，礼多君子屡谦谦。美刺殊文，备三百五篇诗
咏；吉凶异画，变六十四卦爻占。

清对浊，苦对咸，一启对三缄。烟蓑对雨笠，
月榜对风帆。莺睍睆，燕呢喃，柳杞对松杉。
情深悲素扇，泪痛湿青衫。汉室既能分四姓，
周朝何用叛三监。破的而探牛心，豪矜王济；
竖竿以挂犊鼻，贫笑阮咸。

能对否，圣对贤，卫瓘对浑瑊。雀罗对鱼
网，翠巘对苍岩。红罗帐，白布衫，笔格对书
函。蕊香蜂竞采，泥软燕争衔。凶孽誓清闻祖
逖，王家能义有巫咸。溪叟新居，渔舍清幽临水
岸；山僧久隐，梵宫寂寞倚云岩。

冠对带，帽对衫，议鲠对言谗。行舟对御
马，俗弊对民岩。鼠且硕，兔多毚，史册对书缄。
塞城闻奏角，江浦认归帆。河水一源形弥弥，
泰山万仞势岩岩。郑为武公，赋缁衣而美德；
周因巷伯，歌贝锦以伤谗。

上卷

一 东

云对雨，雪对风，晚照对晴空。

来鸿°对去燕，宿鸟°对鸣虫。

三尺剑，六钧弓，岭北°对江东。

人间清暑殿，天上广寒宫°。

两岸晓烟杨柳绿，一园春雨杏花红。

两鬓风霜，途次°早行之客；

一蓑°烟雨，溪边晚钓之翁。

背诵小贴士：带读10遍，独读20遍，背诵10遍，考背5遍。

注释

鸿：大雁。

宿鸟：傍晚归巢的鸟。

岭北：古代地域名称，一般指岭北行省，相当于今天西伯利亚中部、蒙古国大部分地区。

广寒宫：我国古代神话传说中位于月亮上的一座宫殿，为嫦娥的住所。

途次：途中，半路上。

蓑：蓑衣，用草或棕毛制成的防雨用具。

译文

云和雨相对，雪和风相对，傍晚的夕阳和晴朗的天空相对。远方迁来的大雁和飞走的燕子相对，傍晚归巢的鸟和清晨鸣唱的虫相对。三尺长的剑，六钧重的弓，岭北和江东相对。人间有清暑殿，天上有广寒宫。清晨的薄雾笼罩着两岸翠绿的杨柳，春天的甘雨滋润着一园鲜红的杏花。两鬓带着风霜，奔波的行人早已在旅途中；披着蓑衣，傍晚老翁在溪边垂钓。

张老师讲《声律启蒙》

"三尺剑"说的是刘邦三尺剑取天下的故事。刘邦年轻时为人懒惰，但胸怀大志，待人诚恳。一次，刘邦奉命押解一批人去做苦工，由于路途遥远，大家苦不堪言。刘邦就把这些人都放了。刘邦自己也跟着这批人一起流浪，躲在山中。这一天，刘邦刚睡着，就被伙伴们吵醒了，原来是前面路边草丛里横卧着一条白色的巨蟒。

刘邦揉着睡眼，提起他那三尺长的剑便往横卧巨蟒的地方走去。这把剑配五色剑匣，剑身镶嵌着七彩珍珠和九华宝玉，剑刃寒光凛凛，像镀了层霜。

刘邦拔出宝剑，拨开草丛，只见一道寒光，巨蟒被斩为两截。后来，刘邦带领着这些人推翻了秦朝统治，建立了汉朝。

知识拓展

《声律启蒙》上卷"一东"的"东"，指的是"东韵"，它是宋代诗韵中的一个韵部。东韵中包含的字，韵母相同，如这段文字中的"风、空、虫、弓、东、宫、红、翁"，都属于东韵，读起来很押韵。

上宽下窄
整体居中

沿°对革°，异对同，白叟(sǒu)对黄童。

江风对海雾，牧子对渔翁。

颜巷陋(xiàng lòu)°，阮途穷(ruǎn)，冀北对辽东(jì liáo)。

池中濯足(zhuó)°水，门外打头风。

梁帝讲经同泰寺(sì)，汉皇置酒未央宫。

尘虑萦心(lǜ yíng)°，懒抚七弦绿绮(xián qǐ)；

霜华满鬓，羞看(xiū)百炼青铜°。

背诵小贴士：带读10遍，独读20遍，背诵10遍，考背5遍。

注释

沿：沿袭，遵照原样去做。

革：改变，变革。

颜巷陋：颜回住的巷子简陋。颜指颜回，孔子的学生。
孔子称赞颜回很贤德，住在陋巷，仍然很快乐。

濯足：洗脚。

尘虑萦心：尘世间的忧虑萦绕在心头。

百炼青铜：指精炼的青铜镜，古人用青铜镜照面。

译文

　　沿袭和变革相对，异和同相对，白发老翁和天真幼童相对。江上的风和海上的雾相对，牧童和渔翁相对。颜回安于小巷的偏僻，阮籍哭于道路的尽头，冀州以北和辽河以东相对。池里的洗脚水和那门外强劲的逆风相对。梁武帝萧衍经常在同泰寺讲论佛经，汉高祖刘邦曾经在未央宫宴请大臣。尘世间的忧虑萦绕在心头，以至懒得去弹那古琴；如霜般的白发爬满两鬓，已羞于去照那青铜宝镜了。

张老师讲《声律启蒙》

"尘虑萦心，懒抚七弦绿绮"中的"绿绮"是中国古代四大名琴之一，它的主人司马相如是汉代著名文学家。

一次，司马相如去富豪卓王孙家赴宴。在宴会上，司马相如用绿绮即兴弹了两首曲子。绿绮通体黑色，隐隐泛着幽绿，有如绿色藤蔓缠绕于古木之上。如此好琴，又如此好曲，博得大家的喝彩，也深深打动了富豪卓王孙的女儿卓文君。此后，他们两人开始交往，最后结为夫妇。

卓王孙不同意女儿的婚事，甚至与女儿断绝关系。司马相如夫妇为了生活，在成都开了一家酒馆，卓文君亲自在柜台卖酒。这下她父亲面子上挂不住了，终于认可了他们的婚事。

知识拓展

中国古代另外三大名琴，分别是号钟、绕梁和焦尾。号钟是齐桓公的琴。绕梁是一位叫华元的人献给楚庄王的礼物。焦尾是东汉蔡邕（yōng）制作的一张琴，因琴尾留有焦痕，故名为"焦尾"。

 江

三点水

成弧形

工字一竖别太长

牧子对渔翁

江风对海雾

二 冬

春对夏，秋对冬，暮鼓对晨钟。

观山对玩水，绿竹对苍°松。

冯妇虎，叶公龙，舞蝶对鸣蛩°。

衔泥双紫燕，课蜜°几黄蜂。

春日园中莺恰恰，秋天塞外雁雍雍。

秦岭云横，迢递°八千远路；

巫山雨洗，嵯峨°十二危峰。

背诵小贴士：带读10遍，独读20遍，背诵10遍，考背5遍。

注释

苍：青绿色。

蛩：古代蝗虫、蝉、蟋蟀等类的小昆虫都可以叫蛩，这里指蟋蟀。

课蜜：采蜜。

迢递：遥远的样子。

嵯峨：山势高峻的样子。

译文

春天和夏天相对，秋天和冬天相对，傍晚的鼓声和清晨的钟声相对。仰望群山和嬉戏玩水相对，绿色的竹子和青翠的松柏相对。冯妇喜欢打虎，叶公则好龙，飞舞的蝴蝶和鸣叫的蟋蟀相对。一双紫燕衔泥筑巢，几只蜜蜂正在采蜜。春天的园子里黄莺恰恰鸣叫，秋天的塞外大雁雍雍哀鸣。秦岭云雾缭绕，有八千里路那样遥远；巫山被雨水洗刷，巍然屹立着十二座高峰。

张老师讲《声律启蒙》

"叶公龙"说的是叶公好龙的故事。

春秋时期，楚国有一位叫叶公的县令，他非常喜欢龙，因此让工匠在他家的房梁上、门窗上、柱子上和墙壁上都雕刻了龙，甚至他的衣服上都有龙的图案。叶公每天都跟别人炫耀说："我最喜欢的就是龙！"

有一天，叶公喜欢龙的事被天上的真龙知道了，真龙十分感动，从天上下来拜会叶公。结果叶公一见到真龙，竟吓得瑟瑟发抖，魂不附体。

后来，大家就用"叶公好龙"这个成语来讽刺一个人说是爱好某事物，其实并不是真爱好。

知识拓展

用典，指运用神话传说、历史、寓言以及古书里的句子来抒怀。如这里的"冯妇虎，叶公龙"，就都运用了典故。典故的使用，可使语言精练，增加内容的丰富性，使表达生动、含蓄，从而收到言简意赅、耐人寻味的效果。

44

左右结构写紧凑

最后竖弯钩舒展

第四课

明对暗，淡对浓，上智对中庸(yōng)。

镜奁(lián)对衣笥(sì)，野杵(chǔ)对村舂(chōng)。

花灼烁(zhuó shuò)°，草蒙茸(róng)°，九夏°对三冬°。

台高名戏马，斋(zhāi)小号蟠龙(pán)°。

手擘(bò)°蟹螯(áo)从毕卓，身披鹤氅(hè chǎng)°自王恭。

五老峰高，秀插云霄(xiāo)如玉笔；

三姑石大，响传风雨若金镛(yōng)。

背诵小贴士：带读10遍，独读20遍，背诵10遍，考背5遍。

46

注释

灼烁：鲜明光彩的样子。

蒙茸：草木茂盛的样子。

九夏：指夏季，夏季有三个月共九十天，故称九夏。

三冬：指冬季。

蟠龙：指蟠龙斋，又名"盘龙斋"。东晋大司马桓温之子桓玄曾修了一所书斋，上面绘满了龙，称为盘龙斋。

擘：分开、剥开。

鹤氅：用仙鹤羽毛制成的外套。

译文

　　明亮和昏暗相对，清淡和浓厚相对，上等智慧的人和才能平庸的人相对。梳妆盒和装衣服的筐子相对，在村外溪边用棒槌捶衣和在村里捣米相对。花开得鲜明光彩，草长得青翠茂盛，夏季和冬季相对。戏马台高，盘龙斋小。好酒的毕卓，手里剥着蟹钳，逍遥自在；雪中乘车的王恭，身披鹤羽做的外套，风流儒雅。五老峰挺拔，像秀丽的玉笔一样直插云霄；风雨吹打三姑石，发出的声音如同撞击大钟。

张老师讲《声律启蒙》

"手擘蟹螯从毕卓，身披鹤氅自王恭"说的是东晋的两位名士。

毕卓是东晋大臣，为人放达爱饮酒。一次他的邻居酿好了酒，毕卓直接跑去喝，被抓住了。邻居看是毕卓，就放了他。结果毕卓丝毫不羞愧，还拉着邻居继续喝酒，直到喝得大醉才回去。《世说新语》里记载了他说的话："要是能有一船酒，两头放着四季美食，一手端酒杯，一手拿蟹螯，浸到酒船中，就足以了此一生了。"

王恭也是一个直率的人。一次出门，他坐着高大的马车，身披用仙鹤羽毛做成的外套。当时下着小雪，王恭一身白色，又衬着雪的颜色，使得看到的人不禁感叹："此真神仙中人。"

知识拓展

《世说新语》是南朝宋刘义庆编著的一部小说集，主要记载了东汉末年到刘宋初年近三百年间名士的言行与轶事。今天许多成语便出自此书，如：难兄难弟、望梅止渴、楚楚可怜、标新立异、管宁割席等。

中庸　云霄

 云

两横长短不一样

间隔距离不可宽

斋 斋　台 台

小 小　高 高

号 号　名 名

蟠 蟠　戏 戏

龙 龙　马 马

49

三 江

jīng pèi chuáng bāng
旌对旆°，盖°对 幢°，故国对他邦。

zé
千山对万水，九泽对三江。

jí cóng
山岌岌°，水淙淙，鼓振对钟撞。

hào
清风生酒舍，皓月照书窗。

gē zhòu yīng xiáng
阵上倒戈°辛纣战，道旁系颈子婴 降。

ōu
夏日池塘，出没浴波鸥对对；

mù lěi
春风帘幕，往来营垒燕双双。

背诵小贴士：带读10遍，独读20遍，背诵10遍，考背5遍。

注释

旌对旆：旌，古代的一种旗子，旗杆顶上用五色羽毛做装饰；旆，古代旗子末端形状像燕尾的飘带。旌、旆后均泛指旗子。

盖：古代竖立在车上用来遮阳避雨的伞状物。

幢：张挂于车或船上的帷幔。

岌岌：山势高耸的样子。

倒戈：将武器倒过来指向己方军队，代指叛变。

译文

旌和旆相对，车盖和帷幔相对，故国和他邦相对。千山和万水相对，九泽和三江相对。山势高耸，流水淙淙，敲鼓声和撞钟声相对。清风吹着酒舍，月光照着书窗。战场上商纣王的士兵反而向自己的军队进攻，子婴将绳子套在颈上，在道旁向刘邦投降。夏天的池塘里，鸥鸟成双成对掠过水面；春风吹动帘幕，一双双燕子来来往往忙着筑巢。

张老师讲《声律启蒙》

"阵上倒戈辛纣战"讲的是商朝末代君王纣王兵败自焚的故事。

商纣王是历史上有名的暴君。周武王得知商纣王众叛亲离，便出动大军征讨商纣王。在牧野决战时，商朝的士兵阵前倒戈，商军大败。商纣王见大势已去，便逃到鹿台上，点火自焚而死。商朝就此灭亡了。

"道旁系颈子婴降"说的是秦朝的灭亡。子婴被赵高立为秦王四十六天，刘邦率军攻到秦都城咸阳附近。子婴把绳子系在脖子上，将玉玺、符节等象征皇权的东西放在路边，率群臣向刘邦投降，后被项羽所杀。

知识拓展

这段多次使用了叠词，如"岌岌""淙淙""对对""双双"。叠词能将场景或人物生动形象地描绘出来，不仅如此，叠词还能渲染气氛，增强韵律感，读起来朗朗上口。

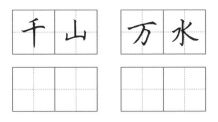

千山　万水

横撇弯来一撇直
竖钩居中要坚挺

往	往		春	春		
来	来		风	风		
营	营		帘	帘		
垒	垒		幕	幕		
燕	燕					
双	双					
双	双					

铢对两，只对双，华岳对湘江。

朝车对禁鼓，宿火对寒缸。

青琐闼，碧纱窗，汉社对周邦。

笙箫鸣细细，钟鼓响枞枞。

主簿栖鸾名有览，治中展骥姓惟庞。

苏武牧羊，雪屡餐于北海；

庄周活鲋，水必决于西江。

......

背诵小贴士：带读**10**遍，独读**20**遍，背诵**10**遍，考背**5**遍。

注释

铢对两：铢、两都是古代重量单位，24铢为1两，1两约为今天的50克。

禁鼓：古代设在宫城谯楼上报时的鼓。

青琐闼：装饰青色连环状花纹的宫门。借指皇宫、朝廷。

扐扐：象声词，形容钟鼓声。

骥：千里马。

译文

　　铢和两相对，单只和成双相对，华山和湘江相对。早晨的朝车和宫中的禁鼓相对，隔夜未熄的烛火和寒夜里的灯相对。饰有青色连环花纹的宫门和装有绿色薄纱的窗户相对，汉朝社稷和周朝江山相对。笙箫吹奏出细细的乐曲，钟鼓发出震撼的巨响。仇览做主簿时胸有高尚的志向，庞统做治中时胸怀远大的抱负。苏武出使匈奴时被迫牧羊，在北海经常风餐露宿；庄子为救活鲋鱼，一定要引水于西江。

张老师讲《声律启蒙》

"治中展骥姓惟庞"是讲三国时期庞统的故事。庞统人称凤雏，初与诸葛亮齐名。

庞统来刘备处求职，刘备碍于他的声望，让他去耒（lěi）县做县令。庞统也不争辩，但不理政务，消极怠工对抗刘备的任命。

后来，鲁肃给刘备写信，在信中说庞统不是当县令的小才，至少让他当治中、别驾，他才能像千里马一样驰骋。于是刘备召见庞统，任命他为治中从事。从此，庞统才得到刘备的重用。

横平竖直

间距相当

	汉	汉	青	青		
	社	社	琐	琐		
	对	对	囵	囵		
	周	周				
	邦	邦	碧	碧		
			纱	纱		
			窗	窗		

57

四 支

茶对酒，赋^{fù}对诗，燕子对莺儿。

栽花对种竹，落絮^{xù}°对游丝。

四目颉^{jié}°，一足夔^{kuí}°，鸲鹆^{qú yù}对鹭鸶^{lù sī}。

半池红菡萏^{hàn dàn}°，一架白荼蘼^{tú mí}°。

几阵秋风能应候，一犁春雨甚知时。

智伯恩深，国士°吞变形之炭；

羊公德大，邑人竖堕^{yì duò}泪之碑。

背诵小贴士：带读10遍，独读20遍，背诵10遍，考背5遍。

58

注释

落絮：飘落的柳絮。

四目颉：颉即传说中造字的仓颉，传说他长着四只眼睛。

夔：人名。相传为尧舜时的乐官。

菡萏：荷花的别称。

荼蘼：一种落叶小灌木，晚春开白花。

国士：国家最优秀的人物。

译文

  茶和酒相对，赋和诗相对，燕子和黄莺相对。栽花和种竹相对，飘落的柳絮和飘动的蛛丝相对。仓颉有四只眼睛，夔只有一只脚，八哥和白鹭相对。红色的荷花染红了半个池塘，白色的荼蘼开满了花架。几阵秋风吹过，就知道到了什么时候；一场春雨降落，就知道到了什么时令。为报答智伯的恩情，豫让甘愿吞下会改变声音的烧红的木炭；为感谢羊祜（hù）的恩德，百姓立碑建庙流泪悼念。

张老师讲《声律启蒙》

"智伯恩深，国士吞变形之炭"说的是豫让的故事。

智伯是春秋末期晋国的臣子，豫让投其门下，智伯以国士的规格对待他。后来，韩、赵、魏"三家分晋"，智伯被赵襄子所杀。豫让为报知遇之恩，决定为智伯报仇。为此，他不惜毁坏自己的面目，吞下火炭让声音变沙哑，扮成乞丐在集市乞讨，等待刺杀赵襄子的机会。

一日，他埋伏在桥下，被赵襄子发现了。豫让临死前，提出要斩赵襄子的衣服，赵襄子同意了。豫让挥剑斩衣，说了声"我可以报答智伯了"，然后自杀了。

横撇短

竖钩长

最后一横要写长

戈对甲，鼓对旗，紫燕对黄鹂。

梅酸对李苦°，青眼°对白眉°。

三弄°笛，一围棋，雨打对风吹。

海棠春睡早，杨柳昼眠迟。

张骏曾为槐树赋，杜陵°不作海棠诗。

晋士特奇，可比一斑之豹；

唐儒博识，堪为五总之龟°。

背诵小贴士：带读10遍，独读20遍，背诵10遍，考背5遍。

注释

李苦：李子苦涩。

青眼：眼睛看人时，平视则黑眼珠在眼睛中间，叫青眼，表示尊重对方；斜视对方则眼中多为白色，叫白眼，表示蔑视对方。

白眉：后世称兄弟中才干最为突出者为白眉。

弄：一个乐章为一弄。也指演奏乐器。

杜陵：即唐代诗人杜甫，号少陵野老，后人称之为"杜少陵"或"杜陵"。

五总之龟：古代对知识渊博者的美称。

译文

兵器和铠甲相对，战鼓和旗帜相对，紫燕和黄鹂相对。酸的梅子和苦的李子相对，青眼和白眉相对。吹三支笛曲，下一局围棋，雨打和风吹相对。海棠在春天的早晨醉眼迷离，还未睡醒；杨柳在阳光下婀娜多姿，似乎从不在白天睡觉。张骏曾作《槐树赋》，杜甫不写关于海棠的诗篇。晋代的文士才华出众，外人只能观察到其中很少一部分，就如同管中窥豹；唐代的儒士学识渊博，堪比"五总之龟"。

63

张老师讲《声律启蒙》

"梅酸对李苦"是讲晋代大臣王戎的故事。王戎小时候聪明过人，一日在路边玩耍，见一株李树上果实累累，但无人摘取。小孩们都争着去摘，只有王戎不去。有人问为什么，他说："李树长在路边，这么多李子还没被摘，一定是苦的。"大家摘下一尝，果然是苦的。

"晋士特奇，可比一斑之豹"是讲东晋王献之的故事。王献之是书圣王羲之的小儿子，长大后也成了一位著名的书法家。王献之小时候看父亲的门客玩游戏，刚见到胜负，就在一旁指点别人，门客们轻视他说："这小孩'管中窥豹，时见一斑'。"意思是从一根管子里看豹子，有时候只能看到豹子身上的一个斑点。

知识拓展

"杜陵不作海棠诗"，据说杜甫母亲名叫海棠，杜甫为此避讳，从未写过吟诵海棠的诗。古人避讳主要有三种方法，即改字法、缺笔法和空字法。

左右结构分高低

竖折弯钩要写长

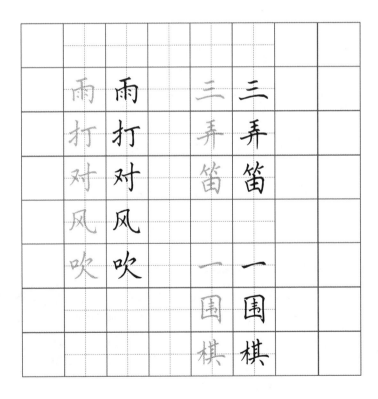

五 微

来对往，密对稀，燕舞对莺飞。

风清对月朗，露重(zhòng)对烟微。

霜菊瘦，雨梅肥，客路对渔矶(jī)。

晚霞舒锦绣，朝露缀(zhuì)珠玑(jī)。

夏暑客思欹(qī)石枕(zhěn)，秋寒妇念寄边衣。

春水才深，青草岸边渔父去；

夕阳半落，绿莎(suō)原上牧童归。

背诵小贴士：带读10遍，独读20遍，背诵10遍，考背5遍。

注释

矶：水边的石滩或突出的大石头。

珠玑：珍珠的统称。圆者为珠，不圆者为玑。

攲：本字作"敧"，同"倚"，意为斜靠、斜倚。

边衣：守边将士御寒的衣服。

莎：草名，即香附子，可入药。

译文

　　来和往相对，密集和稀疏相对，舞动的燕子和飞翔的黄莺相对。清凉的和风和明朗的月亮相对，露重和轻烟相对。遭受霜冻的菊花更显瘦弱，雨后的梅子更加肥大，任游子行走的小路和供渔夫垂钓的岩石相对。傍晚的云霞如锦绣般舒展，清晨的露水似珍珠般点缀。夏天，身在他乡的旅客斜靠在石枕上思念家乡；秋天，妻子记挂着为戍守边疆的丈夫寄去冬衣。春水渐深，渔夫去往长满青草的岸边钓鱼；夕阳落下，长满莎草的绿草原上已有牧童归来。

张老师讲《声律启蒙》

说到"秋寒妇念寄边衣"中的"妇"，最先让人想到的是孟姜女。相传秦朝有个女子叫孟姜女，温柔善良，与丈夫范喜良成亲还不到三天，丈夫便被抓去修长城了！

孟姜女天天盼丈夫回来，转眼半年过去。到了深秋，天气一天比一天寒冷，她为丈夫做了寒衣，并去长城寻找丈夫。孟姜女历尽千辛万苦，终于来到长城脚下，结果却听到丈夫已死，尸首埋在长城下的噩耗。孟姜女不禁痛哭起来，不知哭了多久，突然一声巨响，长城倒塌了一大段，露出了一堆人骨，那是丈夫的尸骨！孟姜女哭着埋葬了自己的丈夫。这就是流传民间的孟姜女哭长城的故事。

知识拓展

菊花在中国文化界占有重要地位，有"花中君子""花中隐士"的名号，这里"霜菊瘦"取的就是菊的隐逸氛围。因为菊花为那些节操高尚的志士仁人所钟爱，所以与梅、兰、竹一起被称为"花中四君子"。

风 清

 渔 矶

 渔

三点水写紧凑

呈左弧分布

	绿	绿		夕	夕		
	莎	莎		阳	阳		
	原	原		半	半		
	上	上		落	落		
	牧	牧					
	童	童					
	归	归					

声对色，饱对饥，虎节对龙旗。

杨花对桂叶，白简对朱衣°。

<ruby>龙<rt>máng</rt></ruby>°也吠，<ruby>燕<rt>fèi</rt></ruby>于飞°，<ruby>荡荡<rt>dàng</rt></ruby>对<ruby>巍巍<rt>wēi</rt></ruby>。

<ruby>春暄<rt>xuān</rt></ruby>°资日气，秋冷借霜威。

出使振威冯奉世，治民异<ruby>等<rt>yǐn</rt></ruby>°尹翁归。

<ruby>燕<rt>yàn</rt></ruby>°我弟兄，<ruby>载咏棣<rt>zǎi　dì</rt></ruby>棠°<ruby>骄骄<rt>wěi</rt></ruby>；

命伊<ruby>将<rt>jiàng</rt></ruby>帅，为歌杨柳依依。

背诵小贴士：带读**10**遍，独读**20**遍，背诵**10**遍，考背**5**遍。

注释

朱衣：大红色的官服，也代指穿朱衣的官员或当官、升官。

尨：一种多毛狗。

于飞：结伴飞翔。

暄：日光带来的温暖。

异等：高人一等。

燕：同"宴"，宴请。

棣棠：即棠棣，树木名。

译文

　　音乐和歌舞相对，饱和饿相对，虎形的兵符和绘有龙的旗子相对。杨花和桂叶相对，弹劾官员的奏章和大红色的官服相对。多毛狗吠叫，燕子结伴飞翔，宽广无边和高大壮观相对。春日的温暖借助于太阳的热气，秋天的寒冷借助于冰霜的力量。冯奉世因出使西域而威名远播，尹翁归因政绩卓著而备受嘉奖。宴请我的兄弟们，席间吟唱《诗经·小雅·棠棣》；命令他担任将帅出征，为他歌颂《诗经·小雅·采薇》。

张老师讲《声律启蒙》

"出使振威冯奉世"中的冯奉世是西汉大臣。汉宣帝时朝廷派他出使大宛国。冯奉世带领的使团经过莎车国时，得知莎车国的贵族杀死了提倡与汉朝友好往来的国王和汉朝使节。一时间，整个西域陷入混乱之中。

冯奉世和手下商议，准备趁着新莎车王立足未稳的时候，出兵讨伐，平定西域的乱局。可他手上没有多少士兵，如果请朝廷出兵，又会耽误很多时间。冯奉世说服西域其他几个国家，联合出兵莎车国。很快就集结了一万五千人的军队，莎车国被打得措手不及，很快失败，西域也重新安定下来，冯奉世的名声威震西域。

知识拓展

"燕我弟兄，载咏棠棣莘莘"这句本来写兄弟之情，为何写棠棣？古人在写作时，经常借一件事引发共鸣，抒发情感，或借自然界中的事物特征来表达某种志向或情感。以棠棣来表达兄友弟恭的兄弟之情便是这种抒情手法。

笔画虽少

字形不可过小

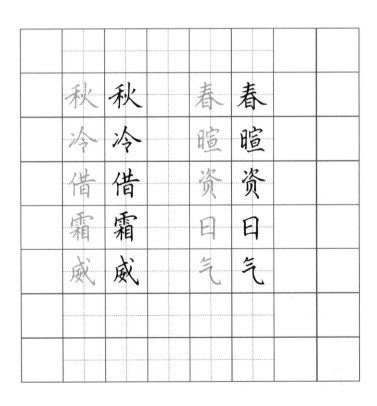

六　鱼

无对有，实对虚，作赋对观书。

绿窗°对朱户°，宝马对香车°。

伯乐马，浩然驴，弋°雁对求鱼。

分金齐鲍叔，奉璧蔺相如。

掷地金声孙绰赋，回文锦字窦滔书。

未遇殷宗，胥靡°困傅岩之筑；

既逢周后°，太公舍渭水之渔。

背诵小贴士：带读10遍，独读20遍，背诵10遍，考背5遍。

注释

绿窗：古代常用来比喻贫寒人家。

朱户：红漆大门，常用来比喻名门望族。

香车：古代用香木做的车，泛指华美的车。

弋：用带有绳子的箭射鸟。

胥靡：古代服劳役的刑徒。

周后：指周文王，先秦时称君王为"后"。

译文

  无和有相对，实和虚相对，写赋和看书相对。绿色的窗户和红色的大门相对，名贵的马和华美的车相对。伯乐善于相马，孟浩然爱骑驴，射雁和捕鱼相对。大度分钱的鲍叔牙和完璧归赵的蔺相如相对。孙绰所写的赋掷地有声，窦滔收到的回文诗隽永凄婉。没遇到商王武丁时，傅说只是个在傅岩筑墙的犯人；当遇到周文王后，姜太公就舍弃渭水垂钓，辅佐周朝。

张老师讲《声律启蒙》

"奉璧蔺相如"讲的是蔺相如完璧归赵的故事。战国时，赵王得到无价之宝和氏璧，秦王听说后要用十五座城池交换。秦国强大，把和氏璧给秦国，怕得不到城池，不给又怕秦兵入侵。赵王便派蔺相如带着和氏璧出使秦国。

秦王见到和氏璧非常高兴，却不提城池的事。蔺相如借口和氏璧有瑕疵，拿回和氏璧后怒斥秦王不信守承诺，誓要与和氏璧同归于尽。

秦王安抚他说要交割城池。蔺相如对秦王说："和氏璧是无价之宝，您应斋戒五天，我才献上。"秦王答应了。蔺相如趁机派人把和氏璧送回赵国，维护了赵国的尊严。

知识拓展

"回文锦字窦滔书"说的是回文诗。回文诗正读或倒读皆可。如：

> 落雪飞芳树，幽红雨淡霞。
>
> 薄月迷香雾，流风舞艳花。

倒过来，这首诗又可读为：

> 花艳舞风流，雾香迷月薄。
>
> 霞淡雨红幽，树芳飞雪落。

木字一竖要写长
右边不和木同高

终对始，疾对徐，短褐°对华裾°。

六朝对三国，天禄对石渠°。

千字策°，八行书，有若对相如。

花残无戏蝶，藻密有潜鱼。

落叶舞风高复下，小荷浮水卷还舒。

爱见人长，共服宣尼°休假盖；

恐彰°己吝，谁知阮裕竟焚车。

背诵小贴士：带读10遍，独读20遍，背诵10遍，考背5遍。

注释

短褐：粗布短衣，古代贫贱之人穿的衣服。

华裾：华美的衣服。

天禄对石渠：天禄、石渠均为西汉长安皇宫之内的殿阁名，都是用来收藏国家图书的地方。

策：策论，一种文体。宋代考进士时要求写策论，内容一千字。

宣尼：孔子字仲尼，西汉平帝追封孔子为宣尼公，故简称宣尼。

彰：彰显。

译文

终和始相对，急速和缓慢相对，粗布短衣和华美衣服相对。六朝和三国相对，天禄阁和石渠阁相对。千字策，八行书，孔子的弟子有若和蔺相如相对。花凋落后就没有嬉戏的蝴蝶，水草茂密的地方一定有深潜在内的游鱼。落叶被风吹起又落下，小荷浮出水面叶子由卷曲变舒展。孔子喜欢显示别人的长处，外出下雨时不向家贫的子夏借伞；阮裕为了不让人觉得自己吝啬，竟然烧掉了自己的车子。

张老师讲《声律启蒙》

"共服宣尼休假盖"讲的是孔子和他的学生子夏之间的故事。

一次孔子要外出，天要下雨，没有雨伞。有人说可以找子夏借伞。孔子不同意，说："我们与人交往，应该要多看他的长处，避开他的短处，这样才能长久地交往下去。子夏不富裕，我跟他借，他如果不借就会显得吝啬小气，所以我不找他借伞。"多么善解人意啊！

孔子能够设身处地地为别人着想，只有经常站在别人的立场看问题，才能够增进彼此之间的了解，沟通也会更顺畅。这也是我们今天在人际交往中要注意学习的地方。

知识拓展

"八行书"指八行竖格的信纸，纸张发明前，古人用于书写的材料主要是竹片和木片。竹片称作"简"，木片称"牍"，长一尺，也叫尺牍，记不足百字的短文，百字以上则用竹简。二尺四寸的用来写经典，八寸的用来写传记杂文。三尺的记法律文书，故人们常说"三尺法"。

天

上横短

下横长

撇到末端细出锋

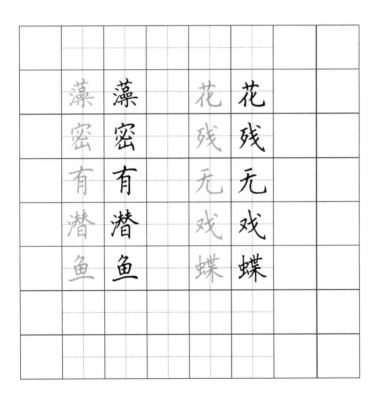

七 虞

贤对圣，智对愚，傅粉对施朱。

名缰对利锁，挈榼[◎]对提壶。

鸠哺子，燕调雏，石帐[◎]对郇厨。

烟轻笼岸柳，风急撼庭梧。

鸜眼[◎]一方端石砚[◎]，龙涎三炷博山炉。

曲沼鱼多，可使渔人结网；

平田兔少，漫劳耕者守株。

背诵小贴士：带读10遍，独读20遍，背诵10遍，考背5遍。

注释

挈榼:手里提着酒器。挈,手提。榼,古代盛酒的一种器具。

石帐 : 石崇的锦帐。石崇为晋代富豪,生活极其奢侈,曾经用锦丝做成五十里长的步帐。

鸲眼 : 特指砚台上的一种像鸲鹆(俗称八哥)眼睛的圆形斑点。

端石砚 : 即端砚,一种名贵的砚台,用产于广东肇庆端溪的石料制成,以上面有鸲眼最为珍贵。

译文

　　贤和圣相对,聪明和愚笨相对,涂香粉和抹口红相对。名声束缚和利益限制相对,提着酒器和提着酒壶相对。斑鸠喂养幼雏,燕子调教雏鸟,西晋石崇用锦丝做步帐和唐朝韦陟家食物丰盛相对。轻雾笼罩河岸上的柳树,疾风撼动庭院中的梧桐。一方带有像鸲鹆眼睛的端砚,一尊燃有三炷龙涎香的博山炉。弯曲的沼泽里鱼很多,可以让渔夫结网打鱼;平坦的田地上兔子很少,白白让耕田的人等待。

张老师讲《声律启蒙》

"漫劳耕者守株"说的是守株待兔的故事。

古代有位农夫,每天日出而作,日落而息。一次,他正在耕地,突然一只兔子撞死在他田边的树桩上,农夫高兴地捡起兔子。

从今往后,他就不再辛苦地种地了,而是一天到晚地守在那被兔子撞上的树桩边,等着下一只兔子来撞。当然,再也没有兔子撞死在树桩上,就算有兔子要来,看见农夫在旁边也不敢过来了。他的田地荒芜了,他本人也成了大家的笑柄。

这个故事告诉我们,做任何事情不要心存侥幸,不要指望不劳而获。

知识拓展

"端石砚"因产于端溪,故名端砚,与甘肃洮(táo)砚、安徽歙(shè)砚、山西澄(chéng)泥砚一起被称为中国四大名砚。端砚石质坚实、润滑,用它研墨不滞,墨汁细滑,书写流畅,字迹颜色经久不变,故古人有"呵气研墨"之说。

第一笔竖偏短

中间一竖要居中

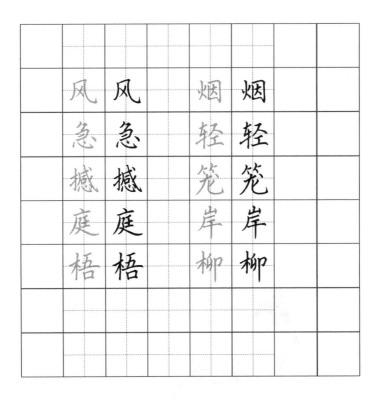

秦对赵，越对吴，钓客对耕夫。

箕裘°对杖履°，杞梓对桑榆°。
（jī qiú）（lǚ）（qǐ zǐ）（yú）

天欲晓，日将晡°，狡兔对妖狐。
（bū）

读书甘刺股，煮粥惜焚须。

韩信武能平四海，左思文足赋三都。
（dū）

嘉遁°幽人，适志竹篱茅舍；
（jiā dùn）

胜游公子，玩情柳陌花衢°。
（qú）

背诵小贴士：带读10遍，独读20遍，背诵10遍，考背5遍。

注释

箕裘：指能继承父、祖的事业。箕，簸箕。裘，皮袍。

杖履：老人所用的手杖和鞋子，代指老人和长辈。

杞梓对桑榆：杞、梓、桑、榆都是树名。杞梓代指贤能的人，桑榆比喻人到中年。

晡：指申时，即下午三点至五点，有时也泛指傍晚。

嘉遁：合乎正道的隐遁，指避世隐退。

柳陌花衢：花街柳巷。陌，街道。衢，四通八达的大道。

译文

秦国和赵国相对，越国和吴国相对，钓鱼客和耕田者相对。子承父业和尊敬长者相对，少年壮志和老当益壮相对。天快亮了，太阳快下山了，狡猾的兔子和阴险的狐狸相对。苏秦读书的时候为消除困意甘愿用锥子刺自己的大腿，李勣（jì）为姐姐煮粥不觉被火烧掉胡须。韩信有平定四海的武力，左思有写《三都赋》的文才。应时而隐退的隐士，在竹篱茅舍中过得悠然自得；喜欢享乐的公子，整天在花街柳巷里纵情玩乐。

张老师讲《声律启蒙》

"狡兔对妖狐"，由狡兔可知成语狡兔三窟。狡兔三窟指的是狡猾的兔子会准备好几个藏身的窝，比喻人要多些应变办法来保护自己。

战国时，齐相孟尝君命他的门客冯谖（xuān）去薛地收债，顺便买些家里缺的东西。冯谖不仅没跟百姓要债，反而趁机烧了借据，欠债的薛地百姓十分感激孟尝君。冯谖回来后对孟尝君说："我用债款为您买了仁义。"

后来，齐王撤了孟尝君的职，他只好回到自己的封地薛地。薛地百姓听说孟尝君要来，夹道欢迎，孟尝君十分感动冯谖当初的做法。冯谖却说："兔子有三个洞才能免祸，现在您只有一个洞，请让我再为您挖两个洞。"

随后，冯谖前往魏国，对魏王夸赞孟尝君的贤德，魏王马上重金聘请孟尝君当相国。齐王听到这个消息后，赶忙去向孟尝君谢罪，并让孟尝君继续担任丞相。冯谖这时让孟尝君趁机劝齐王把齐国的宗庙建在薛地。等齐国的宗庙建成后，冯谖对孟尝君说："三个洞已造好，您可以高枕无忧了。"这个故事后来被提炼为成语"狡兔三窟"。

结构写紧凑

布白空间匀

读书甘刺股

煮粥惜焚须

八 齐

岩对岫°，涧对溪，远岸对危堤。

鹤长对凫短，水雁对山鸡。

星拱北，月流西，汉露°对汤霓°。

桃林牛已放°，虞坂马长嘶。

叔侄去官闻广受，弟兄让国有夷齐。

三月春浓，芍药丛中蝴蝶舞；

五更天晓，海棠枝上子规°啼。

背诵小贴士：带读10遍，独读20遍，背诵10遍，考背5遍。

注释

岫：山洞。

汉露：汉武帝晚年迷信神仙之说，在宫内修建承露盘以承接天上降下的甘露，希望喝了能够延年益寿。

霓：雨后出现的彩虹。

桃林牛已放：周武王灭商以后，将战时的牛放归田野山林，表示天下太平，不再打仗了。桃林，古地区名。

子规：杜鹃鸟的别名。

译文

　　岩石和山洞相对，山涧和溪水相对，宽阔的河岸和高高的堤岸相对。仙鹤腿长和野鸭腿短相对，水雁和山鸡相对。众星环绕着北极星，月亮自东向西行，汉武帝修建承露盘承接甘露以求长生和百姓像呼唤彩虹一样欢迎征伐天下的商汤来解救自己相对。武王灭商后把牛放在桃林，千里马上虞坂时见着伯乐仰天长嘶。汉代的疏广和其侄子疏受同时辞官归乡，商代的伯夷、叔齐为让王位而归隐。三月里春光明媚，蝴蝶在芍药丛中飞舞；五更时天将亮，杜鹃在海棠枝上啼叫。

张老师讲《声律启蒙》

"弟兄让国有夷齐"中的夷齐，分别是指伯夷和叔齐的故事。伯夷和叔齐是亲兄弟，和商纣王生活在同一时代，他们的父亲是孤竹国国王。

孤竹国国王死后把王位传给了幼子叔齐，叔齐认为自古都是长子继承王位，要把王位让给大哥伯夷。伯夷连夜逃走了。伯夷一走，叔齐以寻找伯夷为名，也逃离了孤竹国。

兄弟俩听说周文王贤能，于是前往投奔。等到兄弟俩到达时，恰好遇到周武王讨伐商纣王。

兄弟俩上前拦住武王说："臣子去杀害君主，是仁义吗？"等到周武王灭商后，伯夷、叔齐觉得臣子杀君主是奇耻大辱，从此不吃周朝人地里长的粮食，隐居到首阳山，吃山上的野菜。有人对他们说："天下都是周朝的，这野菜也是！"于是兄弟俩不再吃任何东西，最终饿死在首阳山上。

先写元

后走之

捺画伸展要有力

云对雨，水对泥，白璧°对玄圭°。

献瓜对投李，禁鼓对征鼙°。

徐稚榻°，鲁班梯，凤翥°对鸾°栖。

有官清似水，无客醉如泥。

截发惟闻陶侃母，断机只有乐羊妻。

秋望佳人，目送楼头千里雁；

早行远客，梦惊枕上五更鸡。

背诵小贴士：带读10遍，独读20遍，背诵10遍，考背5遍。

注释

白璧：中间有孔的圆形白玉。古代常作为祭拜时的礼器。

玄圭：一种黑色的玉器，上尖下方，古代用来赏赐建立特殊功绩的人。

征鼙：军队出征时敲击的小鼓。

翯：高飞。

鸾：传说中凤凰一类的鸟。

译文

云和雨相对，水和泥相对，白色的玉璧和黑色的玉器相对。献瓜和送李相对，古代禁止夜间出行的鼓和出征的鼓相对。徐稚的坐榻，鲁班造的云梯，高飞的凤凰和栖息的凤凰相对。郑崇在门庭若市时和水一样清廉，山简没有客人时也喝得烂醉如泥。只听说东晋陶侃的母亲剪下自己的头发，买来酒菜招待陶侃的好友范逵；只有东汉乐羊子的妻子为劝诫丈夫剪断织机上的布。秋风送凉，寂寞的人登高远望，愿南飞的大雁捎去我对情人的思念；赶路的行人，被鸡鸣声惊醒，天还没亮就上路了。

张老师讲《声律启蒙》

"断机只有乐羊妻"说的是东汉乐羊子和他的妻子的故事。

有一次，乐羊子在路上看到一块金子，捡起来拿回家。乐羊子的妻子对他说："有志气的人不喝'盗泉'的水，廉洁的人不接受'嗟来之食'，何况是捡的东西，玷污品德！"乐羊子听后十分惭愧，就把金子扔了。

还有一次，乐羊子出门求学，一年后就回来了。乐羊子的妻子正在织布，便问他原因，乐羊子说想家了。妻子听后，拿起剪刀剪断了正在织的布并说道："学习和织布一样，若是在没有织成的时候剪断，那就前功尽弃了。"乐羊子深受启发，重新回去完成了自己的学业。其间七年没回家，终于学有所成。

知识拓展

鲁班，战国时期鲁国人，是我国古代杰出的建筑工匠。他还是杰出的军事器械专家，发明了攻城利器—云梯，即鲁班梯。后世把他尊为匠人之祖。时至今日，我国建筑行业的最高荣誉叫鲁班奖。

 佳人
 千里

 人

撇直捺弯
撇短捺长

白璧对玄圭

云对雨

水对泥

97

九 佳

丰对俭，等对差chāi，布袄ǎo对荆钗◦。

雁行háng对鱼阵，榆塞◦yú sài对兰崖yá。

挑荠◦jì女，采莲娃，菊径对苔阶。

诗成六义备，乐奏八音谐yuèxié。

造律吏哀秦法酷lì，知音人说郑声◦哇◦。

天欲飞霜，塞上有鸿行hóng已过；

云将作雨，庭前多蚁阵先排。

背诵小贴士：带读10遍，独读20遍，背诵10遍，考背5遍。

注释

荆钗：荆条做的发钗，古代穷苦人家妇女所用。

榆塞：古地名。后以此泛称边关、边塞。

荠：荠菜，一种野菜，古人多在春天采摘食用，味道甘美。

郑声：春秋时郑国的歌曲。孔子认为郑国的音乐过分优柔颓废，不符合正统的音乐风格。

哇：指乐声十分颓废、萎靡。

译文

　　丰盛和俭朴相对，等同和参差相对，布袄和荆钗相对。成行的大雁和成群的鱼儿相对，边关的要塞和长着兰草的山崖相对。挑荠菜的女子，采莲子的女孩，开满菊花的小路和长满苔藓的台阶相对。《诗经》中风、雅、颂、赋、比、兴"六义"齐备，好的音乐金、石、丝、竹、匏、土、革、木"八音"和谐。制定法律的官吏感叹秦朝的法律太严酷，懂得音乐的人都说郑国音乐太萎靡。天将下霜，边塞天空上大雁早已飞过；快要下雨，庭前的蚂蚁一群群列队搬家。

张老师讲《声律启蒙》

"造律吏哀秦法酷"说的是秦国法律严酷一事。

战国时商鞅（yāng）在秦国实施变法。为了树立威信，他实施严刑峻法，还采用连坐的办法，一个人犯罪，他的亲朋好友也跟着受罚。秦国上至贵族，下到平民，只要犯法，一律平等。当时太子嬴驷犯了法，商鞅把他的师傅公子虔（qián）、公孙贾分别处以割掉鼻子、脸上刺字的刑罚。

后来有人告商鞅谋反，秦王下令逮捕他，商鞅只好逃亡。他逃到边关时，想在客舍借宿。店主不知道他的身份，又见他无凭证，按照秦法，留宿无证的客人，店主和客人都要治罪，因此不让他住店。商鞅不由得感叹自己制定的法律太严酷了。

知识拓展

《诗经》中的"六义"为风、雅、颂、赋、比、兴。风是周代各地的歌谣，雅是周人的正声雅乐，颂是周王朝和贵族祭祀的乐歌。风、雅、颂是《诗经》的分类依据，赋、比、兴是《诗经》的表现手法。

左高右低

结构紧凑

塞上有鸿行已过

天欲飞霜

城对市，巷对街，破屋对空阶(jiē)。

桃枝对桂叶，砌(qì)蚓对墙蜗(wō)。

梅可望，橘堪(kān)怀，季路(jì)对高柴。

花藏(cáng gū)沽酒市，竹映读书斋(zhāi)。

马首不容孤竹扣，车轮终就洛阳埋(mái)。

朝宰(cháo zǎi)锦衣，贵束乌犀(shù xī)之带；

宫人宝髻(jì)，宜簪(zān)白燕之钗。

背诵小贴士：带读10遍，独读20遍，背诵10遍，考背5遍。

注释

砌：台阶。

季路：姓仲，名由，字子路，孔子的弟子，季孙氏的家臣。

高柴：字子羔，孔子的弟子。

孤竹：孤竹君的两个儿子伯夷、叔齐。

乌犀之带：用黑犀牛角作装饰的腰带。

白燕之钗：燕子形状的发钗。

译文

城和市相对，小巷和街道相对，破旧的屋子和空寂的台阶相对。桃树的枝丫和桂树的叶子相对，台阶上的蚯蚓和墙角的蜗牛相对。望梅可以止渴，陆绩怀中藏橘带给母亲吃，子路和高柴相对。鲜花藏在卖酒的集市，书房的窗户上映着竹子的影子。孤竹君的两个儿子认为武王伐纣不合道义，便拦住武王的马，张纲一出洛阳就埋掉车轮上书弹劾大将军梁冀。朝中宰相穿着锦缎的衣服，腰间系着用犀牛角装饰的腰带；宫女盘起的发髻上，适合插白燕形状的发钗。

张老师讲《声律启蒙》

"梅可望"的故事主角是曹操。

东汉末年，曹操带兵征讨张绣。这天天气热得出奇，到了中午，士兵们的衣服都湿透了，大家又累又渴，都走不动了。

曹操见行军速度越来越慢，心里很着急，下令队伍原地休息，派人去找水源。但这一带没有河流，没有山泉，根本找不到水。

怎么让大家振作起来呢？曹操眉头一皱，计上心来，有办法了！他大声说："士兵们，我知道前面有一大片梅林，那里的梅子又大又好吃，绕过这个山丘就到了。"士兵们听了，仿佛已经吃到了梅子，精神大振，不由得加快了行军步伐。

这便是成语"望梅止渴"的由来。

知识拓展

"望梅止渴"比喻用空想或假象安慰自己，和它意思相近的成语有"画饼充饥"。这两个成语有时一起连用。

上收下放结构稳当
横长竖直撇捺舒展

竹映读书斋

花藏沽酒市

十　灰

增对损，闭对开，碧草对苍苔。

书签对笔架，两曜◦对三台◦。

周召虎，宋桓魋，阆苑◦对蓬莱◦。

薰风◦生殿阁，皓月照楼台。

却马汉文思罢献，吞蝗唐太冀移灾。

照耀八荒，赫赫丽天◦秋日；

震惊百里，轰轰出地春雷。

背诵小贴士：带读10遍，独读20遍，背诵10遍，考背5遍。

注释

两曜：指日、月，太阳和月亮。

三台：星宿名。

阆苑：阆风之苑，传说为昆仑山顶阆风山的一座园林，为仙人所居。

蓬莱：渤海上的三座神山之一，传说有神仙居住。

薰风：和暖的风。指初夏时的东南风。

丽天：附着在天空。丽，附着。

译文

增加和减少相对，关闭和敞开相对，碧绿的草和青色苔藓相对。书签和笔架相对，日月和三台相对。周代的召虎，宋国的桓魋，昆仑山上的阆苑与海上的仙山蓬莱相对。和暖的风从殿阁里吹过，明亮的月光照耀在楼台上。汉文帝为杜绝贿赂退回别人送的千里马，唐太宗为消灭蝗灾吞掉几只抓住的蝗虫。晴朗的秋日照耀着四面八方；轰隆的春雷响彻百里大地。

张老师讲《声律启蒙》

"吞蝗唐太冀移灾"讲的是唐太宗的故事。

唐太宗李世民是中国历史上著名的明君。唐太宗贞观三年（629），关中大旱，加上蝗灾肆虐，老百姓深受其苦。唐太宗十分忧心，亲自去视察灾情。当他看到蝗虫时，抓住几只说道："老百姓以农作物为生，你们却残害农作物。百姓遭难，过错全在我一个人身上，你们只应该吃我的心肝。"说完便要将蝗虫吞入口中。他的随从赶紧劝阻，说吃了会生病。唐太宗说："我就是希望上天将灾难转到我身上，还怕什么病？"说完就将蝗虫吞下了。果然，之后蝗虫就都飞走了，不再危害庄稼了。

知识拓展

中国古代神话传说中共有五座仙山，分别为岱舆、员峤、方丈、瀛洲和蓬莱，每座仙山由三只神龟背负。后来巨人们钓走了六只，岱舆和员峤便随着海流漂走了。方丈、瀛洲和蓬莱三山的神龟尚在，至今它们还矗立在渤海中。

上部连贯成整体

毛字布白要均匀

皓月照楼台

薰风生殿阁

休°对咎°，福对灾，象箸°对犀杯。

宫花对御柳，峻阁对高台。

花蓓蕾，草根荄°，剔藓对刬苔。

雨前庭蚁闹，霜后阵鸿哀。

元亮°南窗今日傲，孙弘东阁几时开。

平展青茵°，野外茸茸软草；

高张翠幄，庭前郁郁凉槐。

背诵小贴士：带读10遍，独读20遍，背诵10遍，考背5遍。

注释

休：美好，吉利。

咎：灾难，灾祸。

箸：筷子。

荄：草根。

元亮：即东晋诗人陶渊明，又名陶潜，字元亮。

茵：旧时垫子、褥子、毯子的通称。

译文

吉祥和灾难相对，福气和祸患相对，象牙做的筷子和犀牛角做的杯子相对。宫殿里的花朵和宫禁中的柳树相对，巍峨的阁楼和高大的亭台相对。花的蓓蕾，草的根块，刮下苔藓和挖掉苔藓相对。下雨前庭院中的蚂蚁忙着搬家，霜降后南迁的大雁发出长长的哀鸣。陶渊明曾有诗句"倚南窗以寄傲"，公孙弘招贤纳士的东阁不知何时再开。野外一望无际的软草如平铺的草席，门庭前苍翠碧绿的槐树如同张开的绿色帷幕。

张老师讲《声律启蒙》

"孙弘东阁几时开"讲的是西汉丞相公孙弘的故事。

孙弘，即公孙弘。年轻时家贫，直到40岁才开始读书，研习《公羊传》。60岁被推举为"贤良"，入朝做官。76岁任丞相。

公孙弘当上丞相后，在相府东边开了一个小门，营建馆所招纳贤士宾客，并与他们一起讨论国家大事。公孙弘为官清廉，用自己的俸禄供养贤士宾客。后世用"东阁"指代宰相招致、款待宾客的地方。后世文学作品中多用"孙弘东阁几时开"这个典故来比喻爱惜人才。

突出主笔画

横画间距匀

霜后阵鸿哀　雨前庭蚁闹

十一 真

邪(xié)对正，假对真，獬豸(xiè zhì)对麒麟(qí lín)。

韩卢(lú)对苏雁，陆橘对庄椿(chūn)。

韩五鬼，李三人，北魏对西秦。

蝉鸣哀暮(mù)夏，莺啭(zhuàn)怨残春。

野烧焰腾红烁烁(shuò)，溪流波皱碧粼粼(zhòu lín)。

行(xíng)无踪，居无庐，颂(sòng)成酒德；

动有时，藏(cáng)有节，论著钱神。

背诵小贴士：带读10遍，独读20遍，背诵10遍，考背5遍。

114

注释

獬豸对麒麟：獬豸和麒麟都是古代传说中的神兽。獬豸能辨别善恶，是正义的化身。麒麟代表祥瑞之兆。

韩卢：犬名，战国时韩国的名犬，擅长奔跑。

韩五鬼：唐代文学家韩愈在《送穷文》中称穷鬼有五类，即智穷、学穷、文穷、命穷、交穷。

哢：鸟婉转地鸣叫。

烁烁：火光明亮的样子。

译文

　　邪恶和正义相对，虚假和真实相对，獬豸和麒麟相对。名犬韩卢和替苏武送信的大雁相对，陆绩怀中的橘子和庄子提到的大椿树相对。韩愈写诗论穷鬼五类，李白吟歌对影成三人，北魏和西秦相对。蝉鸣声悲凉似在哀叹夏天即将过去，黄莺啼叫婉转似在哀怨春天就要结束。野火燃烧冒着红腾腾的火苗，溪水流淌泛着绿粼粼的波光。刘伶的《酒德颂》里有"行无辙迹，居无室庐"的句子；鲁褒的《钱神论》里有"动静有时，行藏有节"的句子。

张老师讲《声律启蒙》

"韩卢对苏雁"中的"苏雁"指的是苏武被流放时替苏武送信的大雁。

西汉时，汉武帝派苏武出使匈奴。没有料到匈奴发生内乱，苏武也因此被扣留下来。匈奴的首领对苏武威逼利诱，要他归降。苏武保持爱国气节，宁死不降，最后被流放到人迹罕至的北海放羊。

汉昭帝继位后，请求匈奴归还苏武，匈奴谎称苏武已死。汉昭帝半信半疑，派另一使者去匈奴探听真假。使者多方查证后，确定苏武还活着，便对匈奴单于撒谎说："汉昭帝打猎时，射下来一只大雁，大雁脚上系着苏武写的信。"单于只好将苏武放回了。这时他已经被匈奴扣留了19年。

知识拓展

304年至439年是中国历史上的一段大分裂时期，中国北部和西南部共建立了二十多个国家，其中前凉、后凉、南凉、西凉、北凉、前赵、后赵、前秦、后秦、西秦、前燕、后燕、南燕、北燕、夏、成汉十六个国家实力强劲，史称"东晋十六国"。439年，中国北部为北魏所统一，中国进入南北朝时期。

左右均衡

结构端正

莺	莺	蝉	蝉		
啭	啭	鸣	鸣		
怨	怨	哀	哀		
残	残	暮	暮		
春	春	夏	夏		

哀对乐，富对贫，好友对嘉宾。

弹冠°（tán guān）对结绶°（shòu），白日对青春°。

金翡翠（fěi），玉麒麟，虎爪（zhǎo）对龙鳞。

柳塘生细浪，花径（jìng）起香尘。

闲爱登山穿谢屐°（jī），醉思漉°（lù）酒脱陶巾。

雪冷霜严，倚槛（jiàn）松筠°（yún）同傲岁；

日迟风暖，满园花柳各争春。

背诵小贴士：带读 10 遍，独读 20 遍，背诵 10 遍，考背 5 遍。

注释

弹冠：弹去帽子上的灰尘，指准备做官。

结绶：扎好用来系官印的丝带，指出来做官。

青春：春天。

屐：鞋子。

漉：过滤。

筠：竹子的青皮，代指竹子。

译文

悲伤和欢乐相对，富贵和贫穷相对，好友和嘉宾相对。等待引荐和准备做官相对，初升的太阳和明媚的春天相对。金翡翠，玉麒麟，虎爪和龙鳞相对。柳边的池塘里激起细细的波纹，长满鲜花的小路上扬起清香的尘埃。闲暇时穿上谢灵运发明的鞋子去登山，喝醉后想着像陶渊明那样脱下头巾来滤酒。霜雪厚重的冬天，栏杆边的松树和竹子都凌寒傲立；暖风日缓的春天，院落里的繁花和柳树都各争春色。

张老师讲《声律启蒙》

"闲爱登山穿谢屐"中"谢屐"的发明者是南朝宋诗人谢灵运。谢灵运喜欢游山玩水，特别喜欢登山。他专门做了一种方便登山的鞋子，上山时前面无鞋跟，下山时后面无鞋跟。后人称这种鞋为谢公屐，简称谢屐。

谢灵运性格狂放，自视甚高。有一次，他一边喝酒一边说："天下的文学才能共有一石（一种容量单位，一石等于十斗），曹植独占八斗，我得一斗，自古及今其他的人共用一斗。"这番话虽然表面上夸曹植才高八斗，同时也是在表示自己的才能远超他人。

谢灵运游山玩水之余，写出的诗也非常了得，"山水诗派"由此诞生。谢灵运被尊为"山水诗派"的鼻祖。山水诗也成为人们经常创作的一种诗歌体裁。到唐代，著名的山水诗派代表为王维和孟浩然。

偏旁点提分短长

最后一点别太长

花 花 柳 柳
径 径 塘 塘
起 起 生 生
香 香 细 细
尘 尘 浪 浪

十二 文

家对国，武对文，四辅对三军（fǔ）。

九经°对三史°，菊馥°（fù）对兰芬。

歌北鄙（bǐ），咏南薰（xūn），迩°（ěr）听对遥闻。

召公（shào）周太保，李广汉将军。

闻化蜀（shǔ）民皆草偃（yǎn）°，争权晋（jìn）土已瓜分。

巫（wū）峡夜深，猿啸（xiào）苦哀巴地月；

衡（héng）峰秋早，雁飞高贴楚天°云。

背诵小贴士：带读10遍，独读20遍，背诵10遍，考背5遍。

注释

九经：儒家的九部经典，具体名称相传不一致。

三史：指《史记》《汉书》《后汉书》三部史书。

馥：芬芳。

迩：近。

草偃：像草一样随风而倒。

楚天：南方楚地的天空。

译文

　　家庭和国家相对，武力和文治相对，天子身边的四位辅佐大臣和古代三军相对。《九经》和《三史》相对，菊花的清香和兰花的芬芳相对。商纣王爱唱北部边境地区的歌，舜弹奏五弦琴唱《南风》之歌，近处听和远处闻相对。召公做过周朝的太保，李广是汉朝的大将军。蜀地民众听了文翁的教化后，就像风吹草伏一样顺从，为争权夺势，晋国的土地被韩、赵、魏瓜分。巫峡夜深，猿猴朝着蜀地的月亮哀鸣；早秋的衡山群峰中，大雁飞得很高，几乎挨着楚地的云朵高飞。

张老师讲《声律启蒙》

"李广汉将军"说的是西汉名将李广。当时匈奴经常骚扰汉朝，汉朝派李广镇守北方，抗击匈奴。一次，皇帝的随从带了几十名骑兵外出，遇到三个匈奴人，想把他们抓起来。哪知道那三个匈奴人不仅射伤了随从，还将随从的几十名骑兵也杀了，随从狼狈地逃回。李广得知后亲自带兵去追，射中二人，活捉一人。

当他们准备返回时，望见有数千匈奴骑兵正赶来。李广的部下非常害怕，都想立即逃回大营。李广镇定地命令："前进！"进到约离匈奴阵地二里地停了下来，又下令所有人下马解鞍。匈奴骑兵搞不清怎么回事，没敢袭击，到半夜，匈奴兵怕汉军有埋伏就撤走了。部下们松了一口气，都非常佩服李广的勇气。

知识拓展

春秋时，晋国的大权一直为六卿掌控。公元前453年，六卿中的韩、赵、魏灭掉其他公卿，瓜分了晋国的权力。到公元前376年，韩、赵、魏瓜分完晋国土地，这就是"争权晋土已瓜分"所指的三家分晋。三家分晋宣告了战国时期的开始。

口字旁写扁长

斤字两撇分短长

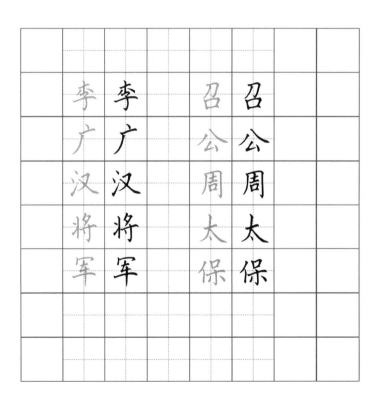

李广汉将军

召公周太保

欹^{qī}对正，见对闻，偃^{yǎn}武[◎]对修文。

羊车对鹤^{hè}驾，朝^{zhāo}旭对晚曛^{xūn◎}。

花有艳，竹成文，马燧^{suì}对羊欣^{xīn}。

山中梁宰^{zǎi}相[◎]，树下汉将军。

施帐解围嘉^{jiā}道韫^{yùn◎}，当垆^{lú}沽^{gū}酒叹文君。

好景有期，北岭几枝梅似雪；

丰年先兆，西郊千顷稼^{jià}如云。

背诵小贴士：带读10遍，独读20遍，背诵10遍，考背5遍。

注释

偃武：停止战争。

曛：日落时的余晖。

梁宰相：南朝的陶弘景曾帮萧衍夺取帝位，建立了梁。萧衍称帝后，陶弘景隐居在茅山。梁武帝萧衍屡次请他出山，他都不肯。国家每有大事，梁武帝便入山咨询，所以时人称陶弘景为"山中宰相"。

道韫：即东晋时期的诗人谢道韫，王凝之的妻子，其叔父是东晋丞相谢安。

译文

歪斜和正直相对，看见和听到相对，停止武力和倡导文治相对。羊车和驾鹤相对，早上的日出和傍晚日落时的余晖相对。花儿鲜艳，竹子有纹理，唐朝的宰相马燧和南朝宋书法家羊欣相对。南朝梁陶弘景被人称为"山中宰相"，汉朝名将冯异每逢论功行赏时总是独自坐在树下。谢道韫在帷帐后替王献之辩论，卓文君站在柜台前卖酒。花开时景色虽美但花易落，北岭的梅花纯白如雪；丰年是有预兆的，西郊上千顷的庄稼像云彩一样。

张老师讲《声律启蒙》

"羊车对鹤驾"中的"羊车"讲的是晋武帝司马炎的故事。晋武帝后宫妃子众多,每天临幸哪位妃子,成了一个让他十分头疼的问题。后来他想出一个办法,就是坐着羊车,让羊在后宫里随意行走,羊车停在哪里,他就临幸哪里的妃子。知道晋武帝的做法后,一些宫人便把竹枝插在门上,把盐水洒在地上,吸引羊车前来。

"鹤驾"指的是周灵王的太子王子乔成仙后,曾经骑着白鹤停在缑氏山头与家人遥遥相望。后来,人们把太子的车驾称为鹤驾。

知识拓展

"山中梁宰相"里的"梁"是南朝(420—589)里的一个朝代。东晋末年,刘裕灭掉东晋,建立宋,定都南京,中国历史进入南北朝时期。宋与之后更迭出现的齐、梁、陈一起统称为南朝。南朝与中国北部北朝政权对峙,合称南北朝。

突出主笔

横画均匀

十三 元

儿对女，子对孙，药圃对花村。

高楼对邃⁰阁，赤豹对玄猿。

妃子骑，夫人轩⁰，旷野对平原。

匏巴⁰能鼓瑟，伯氏善吹埙。

馥馥早梅思驿⁰使，萋萋芳草怨王孙。

秋夕月明，苏子黄岗游赤壁；

春朝花发，石家金谷启芳园。

背诵小贴士：带读10遍，独读20遍，背诵10遍，考背5遍。

130

注释

邃：深邃，幽深。

夫人轩：又叫鱼轩，古代用鱼皮装饰的供贵妇人乘坐的车子。

匏巴：古代传说中的音乐家，擅长弹琴鼓瑟。

驿：古代国家设置的负责投递公文、转运国家物资、供来往官员休息的机构。

译文

　　儿和女相对，子和孙相对，长满药材的园子和满是鲜花的村子相对。高耸的楼和幽深的阁相对，红色的豹和黑色的猿相对。专为杨贵妃运送荔枝的快马和送给国君夫人用鱼皮装饰的车子相对，旷野和平原相对。匏巴擅长鼓瑟，伯氏善于吹埙。看到香气浓郁的梅花就盼望送信的驿使，看到茂盛的芳草不由得埋怨起离去的公子。月明星稀的秋天夜晚，苏轼游览黄冈赤壁；在春暖花开的时节，石崇建造金谷园。

张老师讲《声律启蒙》

"石家金谷启芳园"的主人公是西晋富豪石崇。

据《晋书·石崇传》，石崇非常富有，在洛阳建造了一座金谷园，这座园林奢华至极。

石崇曾与晋武帝的舅舅王恺斗富。王恺家用糖水洗锅，石崇就把蜡烛当柴火烧。王恺命人用紫丝做成四十里布帐，石崇便用锦丝做成五十里步帐。（第十三课中"石帐对郇厨"中的"石帐"指的就是石崇的锦帐。）

知识拓展

"苏子黄岗游赤壁"说的是赤壁这个地方的事情。赤壁在今天的湖北蒲圻，赤壁大战就发生在这里。苏轼以为赤壁在黄冈，多次游历后写下《前赤壁赋》《后赤壁赋》《念奴娇·赤壁怀古》等名篇。故人们称黄冈的赤壁为东坡赤壁或文赤壁。

竖弯钩要长

疏密要得当

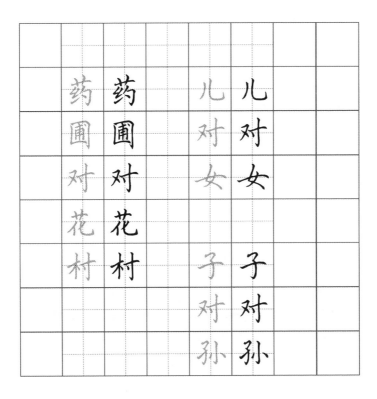

药圃对花村

儿对女

子对孙

歌对舞，德对恩，犬马对鸡豚^{tún}。

龙池对凤沼^{zhǎo}，雨骤^{zhòu}对云屯^{tún}。

刘向阁，李膺^{yīng}门，唳^{lì}鹤对啼猿。

柳摇春白昼，梅弄月黄昏。

岁冷松筠^{yún}皆有节，春暄^{xuān}桃李本无言。

噪晚齐蝉，岁岁秋来泣恨；

啼宵蜀鸟，年年春去伤魂。

背诵小贴士：带读10遍，独读20遍，背诵10遍，考背5遍。

注释

豚：小猪，有时也泛指猪。

龙池对凤沼：龙池、凤沼都是皇宫中的池沼，也指古琴底部的两个孔眼，上孔称龙池，下孔称凤沼。

云屯：云朵聚集。

李膺门：汉桓帝时李膺任司隶校尉，名望甚高。入李膺门，当时称为"登龙门"。

唳：鸣叫。

译文

歌曲和舞蹈相对，德行和恩情相对，犬马和鸡豚相对。龙池和凤沼相对，骤起的暴雨和聚集的乌云相对。刘向的天禄阁，李膺的登龙门，鸣叫的鹤和啼叫的猿相对。柳枝在白天摇动，梅花在黄昏舞动。松树与竹子在寒冷的天气中保持着坚贞的气节，桃树与杏树在春天的喧闹中默默无言。傍晚蝉儿鸣叫，年年秋天诉说着怨恨；杜鹃彻夜哀啼，年年春天伤心断魂。

张老师讲《声律启蒙》

"啼宵蜀鸟，年年春去伤魂"讲的是一个伤感的故事。

传说周朝末年，古蜀国君主杜宇和他的夫人过着幸福的日子。好景不长，杜宇遭人迫害，凄惨死去，杜宇的灵魂化为一只杜鹃鸟，每天在他夫人的花园中啼鸣哀号。杜鹃鸟落下的泪，变成一滴滴鲜血，染红了夫人花园中的花。

夫人听到杜鹃鸟的哀鸣，看到那殷红的鲜血，明白这是丈夫灵魂的化身，于是日夜哀号着"子归，子归"，最后悲伤得离世了。她死后，灵魂化为火红的杜鹃花开遍山野，与哀鸣的杜鹃鸟相栖相伴。

知识拓展

"刘向阁"中的刘向，是西汉著名学者。汉成帝时，刘向受命在宫中的天禄阁校对书籍。每校完一本，他都会写一篇简明的内容提要，后来汇集成一本《别录》，这是我国最早的一部目录学著作，作用相当于今天的百度。

笔画少疏密得当

竖折弯钩写舒展

	春	春		岁	岁		
	暄	暄		冷	冷		
	桃	桃		松	松		
	李	李		筠	筠		
	本	本		皆	皆		
	无	无		有	有		
	言	言		节	节		

十四 寒

寒对暑，湿对干，鲁隐对齐桓°。

寒毡对暖席，夜饮对晨餐。
<small>zhān</small>

叔子°带，仲由冠，郏鄏对邯郸°。
<small>zhòng</small> <small>jiá rǔ</small> <small>hán dān</small>

嘉禾忧夏旱，衰柳耐秋寒。

杨柳绿遮元亮宅，杏花红映仲尼坛。
<small>tán</small>

江水流长，环绕似青罗带；

海蟾°轮满，澄明如白玉盘。
<small>chán</small> <small>chéng</small>

背诵小贴士：带读10遍，独读20遍，背诵10遍，考背5遍。

注释

鲁隐对齐桓：鲁隐，即鲁隐公，姓姬名息，春秋时期鲁国的国君。齐桓，即齐桓公，姓姜名小白，春秋时期齐国的国君，"春秋五霸"的第一位霸主。

叔子：晋代名臣羊祜（hù）的字。

郏鄏对邯郸：郏鄏，即周朝的东都雒邑（Luòyì），在今河南省洛阳市。邯郸，战国时赵国都城，在今河北省邯郸市西部。

海蟾：指月亮。传说月亮里有蟾蜍，又因海上生明月，所以常用海蟾代指月亮。

译文

寒冷和暑热相对，湿润和干燥相对，鲁隐公和齐桓公相对。寒毡和暖席相对，夜晚饮酒和早晨进餐相对。羊祜轻衣缓带，子路头戴野鸡冠，郏鄏和邯郸相对。苗壮生长的禾苗最担心的是夏天干旱，枝叶衰败的柳树最能耐秋寒。碧绿的杨柳遮住了陶渊明的宅院，鲜红的杏花盛开映红了孔子的讲坛。绵长的江水环绕似一条青色的罗带；明亮的月亮在月圆时如同白玉的盘子。

张老师讲《声律启蒙》

"仲由冠"中的"仲由"是孔子的弟子，字子路。子路是鲁国人，他性情刚直鲁莽，好勇尚武。

公元前480年，卫国太子蒯聩（Kuǎi Kuì）发动叛乱，劫持了孔悝。子路是孔悝的家臣，当时在卫国的孔子的另一名弟子子羔，眼见卫国发生叛乱就逃离了卫国。在路上刚好碰到了回卫国救孔悝的子路，子羔警告子路不要回卫国。子路认为自己是孔悝的家臣，没有不救的道理。

子路回到卫国后，卫太子就派人攻打他，子路奋力搏斗。在搏斗中子路的帽缨被击断，他说："君子死，冠不免（掉落）。"然后停下来系好帽缨，最后被叛军剁成肉酱。

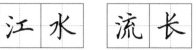

撒短捺写长

横在竖钩中

衰	衰	嘉	嘉		
柳	柳	禾	禾		
耐	耐	忧	忧		
秋	秋	夏	夏		
寒	寒	旱	旱		

横对竖，窄对宽，黑志对弹^{dàn}丸。

朱帘对画栋，彩槛^{jiàn}°对雕栏。

春既°老，夜将阑^{lán}°，百辟^{bì}°对千官。

怀仁称足足°，抱义美般般°。

好马君王曾^{céng}市骨，食猪处^{chǔ}士仅思肝。

世仰双仙，元礼舟中携^{xié}郭^{guō}泰；

人称连璧，夏侯车上并潘安。

背诵小贴士：带读10遍，独读20遍，背诵10遍，考背5遍。

注释

槛：栏杆。

既：已经。

阑：残、将尽的意思。

百辟：百位诸侯，很多诸侯。

足足：雌凤的鸣叫声，此处代指凤凰。

般般：身上有花纹的样子，此处代指麒麟。

译文

横和竖相对，窄和宽相对，黑志和弹丸相对。朱红色的帘幕和绘有彩饰的房梁相对，彩色图案的栏杆与雕刻精美的栏杆相对。春天已经到了尾声，夜晚快要到尽头，许多诸侯和众多官员相对。心怀仁爱就像凤凰一样被人们赞美，讲义气就像麒麟一样被人们称赞。喜欢千里马的国君曾经买下千里马的尸骨，汉朝的闵仲叔只想吃猪肝。东汉名士李元礼和郭泰同乘一条船时，送行的人都以为他们是一对神仙；晋朝美男子夏侯湛和潘岳常结伴出行，被世人称作连璧。

张老师讲《声律启蒙》

"好马君王曾市骨"说的是千金买骨的故事。

战国时，燕昭王想招揽人才，问郭隗（wěi）有什么办法。郭隗给他讲了一个故事。从前有个国君想寻求千里马，悬赏千金，三年后，有人送来一匹死了的千里马，国君出五百金买下了千里马的尸骨。此事传出去之后，不到一年，就有人送来了三匹千里马。

郭隗的意思是，国君要先表示出招揽人才的诚心，可以先从重用自己开始，这样就能吸引比他更强的人才。燕昭王于是用重金礼聘郭隗，其他国家的贤能人士听说后，果真纷纷前来投奔燕国。

知识拓展

潘安（247—300），本名潘岳，字安仁，西晋文学家，政治家。潘安被誉为"古代第一美男"，古代四大美男之首。这些美男都有一个共同的特征：才貌双全，或文学、音乐修养极高，或文治武功了得。

144

上点写饱满

巾字别写大

黑	黑		横	横		
志	志		对	对		
对	对		竖	竖		
弹	弹					
丸	丸		窄	窄		
			对	对		
			宽	宽		

145

十五 删

兴(xīng)对废，附对攀(pān)，露草对霜菅(jiān)。

歌廉(lián)对借寇(kòu)，习孔对希颜(yán)。

山垒垒(lěi)，水潺潺(chán)，奉璧对探环(huán)。

礼由公旦作，诗本仲尼删。

驴困客方经灞(bà)水，鸡鸣人已出函(hán)关。

几夜霜飞，已有苍鸿辞北塞(sài)；

数朝(zhāo)雾暗，岂无玄豹隐南山。

背诵小贴士：带读10遍，独读20遍，背诵10遍，考背5遍。

注释

攀：攀附，依附。

菅：一种茅草。

廉：指东汉人廉范。

寇：指东汉人寇恂（xún）。

希颜：希望像颜回一样，颜回是孔子的弟子。

奉璧：指的是蔺相如完璧归赵的故事。

译文

　　振兴和荒废相对，附属和攀附相对，露草和霜菅相对。歌颂廉范和借用寇恂相对，学习孔子和仰慕颜回相对。山重叠，水潺潺，蔺相如完璧归赵和羊祜探得金环相对。《周礼》是周公旦所作，《诗经》是由孔子删减而成。驴都困了，孟浩然才经过灞水，公鸡才啼叫，孟尝君已逃出函谷关。连着几个夜晚风霜飞降，已有大雁离开边塞；几个早晨浓雾弥漫，传说中的黑豹隐藏在南山上。

张老师讲《声律启蒙》

"礼由公旦作"是讲周公的故事。公旦就是周公，姓姬名旦，周文王姬昌之子，周武王姬发之弟。周朝的礼乐制度都是由他制定的。

周公的功绩不止这一项，周武王灭商两年后去世，王位由他年幼的儿子成王继承，周公暂时代为处理政务。周公对外平定了叛乱，并把周的势力扩张到海边，对内建成了都城成周，制定礼乐制度。

周公身份尊贵，地位显赫，但仍然礼贤下士。有一次周公正在洗头，听说有贤士来访，他赶紧握着头发出来接待，等接待完再接着洗头时，又听说有贤士来访又去接待，这样洗一次头停下来多次。他吃饭时也是如此，一听有贤士来访，赶紧把口中的饭食吐出来，迫不及待地去接待来客。这就是"握发吐哺"的来历，可见他对贤士的重视。

横折弯钩有弧度
一撇一点相呼应

犹对尚，侈(chǐ)对悭(qiān)，雾鬓(jì)对烟鬟(huán)。

莺啼对鹊噪，独鹤对双鹇(xián)。

黄牛峡(xiá)，金马山，结草对衔环(xián)。

昆山惟(wéi)玉集，合浦(pǔ)有珠还。

阮籍旧能为眼白，老莱(lái)新爱着(zhuó)衣斑。

栖迟(qī)避世人，草衣木食(bì)；

窈窕(yǎo tiǎo)倾城女，云鬟花颜。

背诵小贴士：带读10遍，独读20遍，背诵10遍，考背5遍。

注释

悭：小气，吝啬。

雾鬟对烟鬓：雾鬟、烟鬓都形容像烟雾一样轻柔飘逸的美丽头发。

鹇：一种观赏性鸟类。

栖迟：隐居的意思。

草衣木食：以草为衣，以树上的果实为食。

窈窕：美好的样子。

译文

犹和尚相对，奢侈和吝啬相对，雾鬟和烟鬓相对。黄莺啼叫和喜鹊吵闹相对，孤零零的一只鹤和成双成对的鹇鸟相对。黄牛峡，金马山，结草报恩和衔环报恩相对。昆仑山上盛产美玉，合浦海中出产珍珠。阮籍用白眼斜视自己厌恶的"礼俗之人"，老莱子穿着五彩花衣逗父母开心。避世隐居的人，穿草衣，吃树上的果实；倾国倾城的女子，梳着像云一样轻柔的鬓发，容貌娇艳似花。

张老师讲《声律启蒙》

"老莱新爱着衣斑"说的是老莱子娱亲的故事。

春秋时期,楚国有位隐士叫老莱子,老莱子非常孝顺他的父母,对父母体贴入微,千方百计讨父母的欢心。为了让父母过得快乐,老莱子养了几只漂亮善叫的鸟让父母玩耍。他自己也经常逗鸟儿,让鸟儿发出动听的叫声。父亲听了很高兴,总是笑着说:"这鸟声真动听!"老莱子见父母脸上有笑容,心里也就高兴了。

一次,父母看着儿子的花白头发,感叹他们时日不多了。老莱子怕父母担忧,快七十岁的他专门做了一套五彩斑斓的衣服,走路时也装着跳舞的样子,父母看了乐呵呵的。又有一次,他不小心跌了一跤,他不想让父母伤心,便故意装着婴儿啼哭的声音,并在地上打滚。父母以为老莱子是故意的,都笑了。

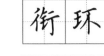

左右均衡

疏密得当

	云	云		窈	窈		
	鬟	鬟		窕	窕		
	花	花		倾	倾		
	颜	颜		城	城		
				女	女		

背默小天才

云对雨，雪对风，晚照对 ⬜⬜ 。

江风对海雾， ⬜⬜ 对渔翁。

春对 ⬜ ，秋对 ⬜ ，暮鼓对晨钟。

铢对两，只对双，华岳对 ⬜⬜ 。

⬜⬜ 对月朗，露重对烟微。

⬜ 对女，子对 ⬜ ，药圃对花村。

下卷

一　先

晴对雨，地对天，天地对山川。

山川对草木，赤壁对青田°。

郏鄏鼎，武城弦°，木笔°对苔钱°。
（jiá rǔ）　　（xián）　　　（tái）

金城三月柳，玉井九秋莲。

何处春朝风景好，谁家秋夜月华圆。
（zhāo）

珠缀花梢，千点蔷薇香露；
（zhuì）（shāo）

练°横树杪°，几丝杨柳残烟。
（miǎo）

背诵小贴士：带读10遍，独读20遍，背诵10遍，考背5遍。

注释

青田：山名，在今浙江省青田县。

武城弦：指代礼乐教化百姓。

木笔：即木兰，落叶小乔木或灌木，花苞有毛，尖如笔头，所以得名。

苔钱：苔藓的别名，因形状像铜钱，故有此名。

练：白色丝绸，此处指白色的雾气。

杪：树梢。

译文

晴和雨相对，地和天相对，天地和山川相对。山川和草木相对，赤壁和青田相对。周朝东都在郏鄏，言偃在武城以礼乐教化人民，木笔和苔钱相对。金城里三月的杨柳，玉井边秋天的莲花。春天什么地方的景色美？秋夜谁家的月亮圆？露珠点缀在花杪，好像洒上了千点蔷薇香露；白色的雾气环绕在树梢，好似几丝杨柳残烟。

张老师讲《声律启蒙》

"武城弦"讲的是孔子弟子子游的故事。

春秋时期，子游担任鲁国武城的长官。孔子提倡礼乐教化，子游上任后便用孔子教的礼乐来教化百姓，一时间，城里到处可以听到弦歌乐声。

一天，孔子来到武城，看到眼前的一幕，就知道是子游所为。孔子开玩笑地对子游说："杀鸡哪里需要用到牛刀呢？"子游认真地回答："我时常听您说：'君子学了礼乐就会爱人，小人学了礼乐就听使唤。'我用礼乐来教化他们，是想让他们有修养。现在武城的百姓都讲礼让，都能互相谦让。"孔子听了十分高兴。

知识拓展

古代交通不便，远在他乡的游子不能回家时，思乡之情无处消解，只能隔着千里对月而望，所幸与家人看见的月亮是相同的。月亮的盈满即取团圆之意，亏缺则取离别之意，所以古人常以月寄情。"谁家秋夜月华圆"衬托的就是这种思念之情。

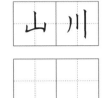

竖撇要写直

空距需均匀

		谁	谁	何	何		
		家	家	处	处		
		秋	秋	春	春		
		夜	夜	朝	朝		
		月	月	风	风		
		华	华	景	景		
		圆	圆	好	好		

二 萧

开对落，暗对昭°，赵瑟对虞韶。

辋车°对驿骑，锦绣对琼瑶°。

羞攘臂，懒折腰，范甑°对颜瓢°。

寒天鸳帐酒，夜月凤台箫。

舞女腰肢杨柳软，佳人颜貌海棠娇。

豪客寻春，南陌°草青香阵阵；

闲人避暑，东堂蕉绿影摇摇。

背诵小贴士：带读10遍，独读20遍，背诵10遍，考背5遍。

注释

昭：明亮。

辂车：一匹马拉的轻便车，多供使者乘坐。

琼瑶：美玉。

范甑：东汉范冉生活贫困，家中经常断粮，蒸饭的甑都落满了灰尘。后来用"范甑"表示生活清贫。

颜瓢：颜回用的水瓢，代指安贫乐道的生活态度。

南陌：南边的道路。

译文

　　盛开和凋落相对，昏暗和明亮相对，赵王为秦王鼓瑟的声音和虞舜创作的《韶》乐相对。轻便的马车和传递书信的马匹相对，锦绣和美玉相对。冯妇因愤怒而捋起袖子，陶渊明不肯为五斗米折腰。范冉家落满灰尘的甑和颜回家空空的瓢相对。天寒地冻，陶谷和歌姬在帐中煮雪烹茶；风清月朗之夜，萧史吹箫引来凤凰。舞女的腰肢像风中的杨柳一样柔美，佳人的容貌像海棠花一样娇艳。游客去郊外踏青，南边路上的青草清香扑鼻；人们在家中避暑，东边堂屋外的芭蕉叶子绿影摇动。

张老师讲《声律启蒙》

"赵瑟"讲的是战国时期秦国和赵国之间发生的一件剑拔弩张的外交故事。

完璧归赵之后，秦王恼羞成怒，屡次发兵攻打赵国，后来又约赵王在渑池见面。赵王害怕，不想赴约。蔺相如认为："不去显得赵国软弱。"赵王这才赴会，蔺相如随行。

酒宴上，秦王说："请赵王弹弹瑟吧！"赵王只得弹了一曲。秦国的史官马上写道："某年某日，秦王与赵王会盟饮酒，命赵王弹瑟。"蔺相如见状，也走向前说："请秦王敲缶！"说完递上一个瓦缶，秦王发怒，不肯敲。蔺相如说："我们相隔这么近，不敲您会十分危险。"秦王只得敲了缶。蔺相如让赵国史官写道："某年某日，秦王为赵王击缶。"秦国的大臣说："请赵王用赵国十五座城为秦王祝寿。"蔺相如也说："请把秦国的都城送给赵王祝寿。"

在蔺相如的应对下，直到酒宴结束，秦国始终未能占赵国的上风。

绣

撇折大小有变化

左右和谐不失衡

夜 夜
月 月
凤 凤
台 台
箫 箫

寒 寒
天 天
鸳 鸳
帐 帐
酒 酒

三 肴

风对雅，象对爻，巨蟒对长蛟。

天文对地理，蟋蟀对螵蛸。

龙夭矫，虎咆哮，北学对东胶。

筑台须垒土，成屋必诛茅。

潘岳不忘秋兴赋，边韶常被昼眠嘲。

抚养群黎，已见国家隆治；

滋生万物，方知天地泰交。

背诵小贴士：带读10遍，独读20遍，背诵10遍，考背5遍。

注释

螵蛸：螳螂的卵块，此处代指螳螂。

夭矫：屈伸自如且强健有力的样子。

北学对东胶：北学，周代设在都城北边的学校。东胶，周代设在王宫东边的学校。二者都是周代设在京城的最高学府。

诛茅：割掉茅草。

译文

《诗经》里的《国风》和《大雅》《小雅》相对，《周易》里的象和爻相对，巨蟒和蛟龙相对。天文和地理相对，蟋蟀和螳螂相对。龙矫健，虎咆哮，北学和东胶相对。要建高台必须先堆土，要造房屋必须先割茅草。西晋潘岳因作了《秋兴赋》而被人们铭记，东汉边韶因在白天睡觉而被弟子嘲笑。百姓能得到安抚，就知道国家已经兴隆；万物生机勃勃，才知天地万物运行和谐。

张老师讲《声律启蒙》

"潘岳不忘秋兴赋"的潘岳即是潘安。前面讲过，潘安是古代著名的美男子，据说潘安每次乘车出游，都会有女子围着他的车，送上鲜花和蔬果。可贵的是，潘安用情专一，和妻子杨氏十分恩爱，留下"潘杨之睦"的说法。

潘安还是西晋著名的文学家和政治家。潘安三十二岁时仕途不顺，他那乌黑的秀发添了几缕白发，当时正值秋天，便有感而发写下了著名的《秋兴赋》。

潘安做河阳县令时，他见这个地方适合种桃花，便命全县种桃花，使得整个县成了花的海洋。有人犯了律条，或是起了纷争，他不用严刑，而是让双方共同浇花。两人用一个尖底儿的木桶装水，中途可以停留但不能把水洒出来。这样一来，两人不得不齐心协力，半天劳作下来，怨气全消。这种浇花息讼的措施深得民心。"花县令"又成了潘安的新代称，"花样美男"也是从这个故事演化而来的。

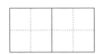

眠

左边窄

右边宽

最后斜勾要写长

方知天地泰交

方知天地泰交

已见国家隆治

已见国家隆治

四 豪

瓜对果，李对桃，犬子对羊羔。

春分对夏至，谷水对山涛°。

双凤翼，九牛毛，主逸对臣劳。

水流无限阔，山耸(sǒng)有余高。

雨打村童新牧笠(lì)，尘生边将(jiàng)旧征袍。

俊士°居官，荣引鹓(yuān)鸿之序°；

忠臣报国，誓殚(dān)犬马之劳。

背诵小贴士：带读10遍，独读20遍，背诵10遍，考背5遍。

注释

谷水对山涛：谷水，松江的别名。山涛，西晋人，"竹林七贤"之一。

俊士：杰出的人才。

鹓鸿之序：像鹓雏、鸿雁飞行时有序地排列，比喻朝廷官员排成行列上朝。鹓，古书上指凤凰一类的鸟。

译文

　　瓜和果相对，李子和桃子相对，小狗和羊羔相对。春分和夏至相对，谷水和山涛相对。凤凰的一双翅膀，九头牛身上的一根汗毛，君主安逸和臣子操劳相对。水流向远方，渺远开阔；高山挺拔耸立，直入云霄。雨水滴落在牧童的新斗笠上，尘土沾满了边关将士的旧征袍。杰出的人才做官，像鹓雏、鸿雁一样排列在朝廷上；忠臣报国，誓死为国君效犬马之劳。

169

张老师讲《声律启蒙》

"九牛毛"，"九牛一毛"的简称，出自西汉著名史学家司马迁的一封书信。

公元前99年，司马迁正全身心撰写《史记》。这年夏天，汉武帝派李陵率五千军马进攻匈奴，结果李陵的部队与匈奴的十万步军相遇，最后李陵寡不敌众，被俘降敌。消息传回汉朝，汉武帝震怒，群臣皆声讨李陵，只有司马迁认为李陵并非真心降敌。

司马迁替李陵辩解，被获罪处以宫刑，他的身心受到了极大的摧残，一度想自杀。但他想到自己还没有完成的事业，一定要把《史记》写完，便选择坚强地活下来。想通后，他在给好友任少卿的信中写道："假令仆伏法受诛，若九牛亡一毛，与蝼蚁何以异？"意思是说：如果我认罪被杀，就好像九头牛掉了一根汗毛，和死掉只蚂蚁有什么区别呢？

后人根据他信中所说的"九牛亡一毛"，提炼出成语"九牛一毛"，比喻极大的数量中微不足道的一部分。

公元前91年，司马迁完成了历史巨著《史记》，前后花了13年。

横平竖直

笔画均匀

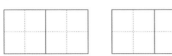

	山	山		水	水		
	崟	崟		流	流		
	有	有		无	无		
	余	余		限	限		
	高	高		阔	阔		

五　歌

繁对简，少对多，里°咏对途歌。

宦情°对旅况，银鹿对铜驼。
（huàn）　　　　　　　　　（tuó）

刺史鸭，将军鹅，玉律对金科°。

古堤垂髫°柳，曲沼长新荷。
（dī　duǒ）　　（qū zhǎo zhǎng）

命驾吕因思叔夜，引车蔺为避廉颇。
（lìn wèi）　　（pō）

千尺水帘，今古无人能手卷；
（juǎn）

一轮月镜°，乾坤何匠用功磨。

背诵小贴士：带读10遍，独读20遍，背诵10遍，考背5遍。

注释

里：街坊，街巷。

宦情：做官的想法。

玉律对金科：即金科玉律，指不可变更的法则和规矩。

橠：下垂。

月镜：月亮，因月亮似铜镜而得名。

译文

繁和简相对，少和多相对，在街巷吟咏和在途中高歌相对。做官的念头和旅途的境况相对，银鹿和铜驼相对。唐刺史韦应物喜欢养鸭，晋右军将军王羲之爱好养鹅，玉律和金科相对。古老的河堤边杨柳低垂，曲折的池塘里长出荷叶。吕安思念好友嵇康时，经常不顾路途遥远驾车去见他；蔺相如乘车出门遇到廉颇时经常避让。千尺的瀑布像水做的帘子，古往今来还没人能用手卷起；皎洁的月亮像一轮明亮的镜子，天地间有哪位工匠能打磨出如此透亮的明镜？

张老师讲《声律启蒙》

"引车蔺为避廉颇"还是讲蔺相如的故事。蔺相如完璧归赵，又在渑池会上维护了赵国的尊严，这功劳使他被拜为上卿，位在廉颇之上。廉颇是赵国名将，战功赫赫。他认为蔺相如只凭口舌之功，职位就比他高，心中很是不服，总想找机会，让蔺相如难堪。

蔺相如则处处小心，坐车出门时，在街上看到廉颇的车，总是叫车夫调头回避绕行。手下十分不解，蔺相如说："我连秦王都不怕，又怎么会怕廉将军？我之所以避开他，是不想因为我俩争斗，让秦国有可乘之机。"说完又强调一句："这些话不必告诉廉将军！"

廉颇还是听到了这些话，当即羞愧万分，光着上身，背着荆条，到蔺相如家请罪，这就是成语"负荆请罪"的来源。后来，二人成了生死与共的朋友。

上下布局对正
间空比例均匀

175

六 麻

优对劣，凸(tū)对凹(wā)，翠竹对黄花。

松杉对杞梓(qǐ zǐ)，菽(shū)麦对桑麻。

山不断，水无涯，煮酒对烹(pēng)茶。

鱼游池面水，鹭(lù)立岸头沙。

百亩风翻陶令秫(shú)，一畦(qí)雨熟邵平瓜(shào)。

闲捧竹根，饮李白一壶之酒；

偶擎桐叶(qíng)，啜(chuò)卢仝(tóng)七碗之茶。

背诵小贴士：带读10遍，独读20遍，背诵10遍，考背5遍。

注释

凹：中间低，四周高。

菽：豆类的总称。

畦：古代把五十亩田称为一畦。

邵平瓜：邵平，曾是秦朝的东陵侯，秦亡后成为普通百姓，在长安城东门外以种瓜为生，因其瓜味道甜美，故称"邵平瓜"。

竹根：用竹根制作的酒杯。

桐叶：形状似梧桐叶的茶杯。

译文

优和劣相对，凸和凹相对，翠绿的竹子和黄色的花朵相对。松树、杉树和杞树、梓树相对，豆麦和桑麻相对。连绵不断的山和无边无际的水相对，煮酒和烹茶相对。鱼儿在池水上嬉戏，鹭鸶在沙滩上静立。一阵风吹过，陶渊明所种的百亩高粱翻起麦浪，一场雨水催熟了邵平种的一畦瓜。闲时可捧着竹根酒杯，效仿李白喝上一壶酒；偶尔举着茶杯，学卢仝品一杯茶。

张老师讲《声律启蒙》

"啜卢仝七碗之茶"中的卢仝是唐代中后期诗人、隐士。卢仝，号玉川子，是初唐四杰之一卢照邻的孙子。卢仝曾隐居嵩山少室山，朝廷两次想任命他为官，他都拒绝了。

"卢仝七碗之茶"出自他的《走笔谢孟谏议寄新茶》诗："一碗喉吻润，两碗破孤闷。三碗搜枯肠，唯有文字五千卷。四碗发轻汗，平生不平事。尽向毛孔散，五碗肌骨清。六碗通仙灵，七碗吃不得也。唯觉两腋习习清风生。"在卢仝看来，饮茶真是妙不可言。

正因为嗜茶，也善饮茶，对茶道有独到的感悟，卢仝专门著有《茶谱》，被世人尊称为"茶仙"。

知识拓展

茶道起源于中国，早在唐代，我国就将茶饮作为一种修身养性之道。唐宋间人们对饮茶的环境、礼节、操作方式等饮茶仪程有了一些约定俗成的规矩和仪式，形成了一种特有的茶文化。到南宋时，茶道传至日本。

点落横中间或偏右

半包围内外要相称

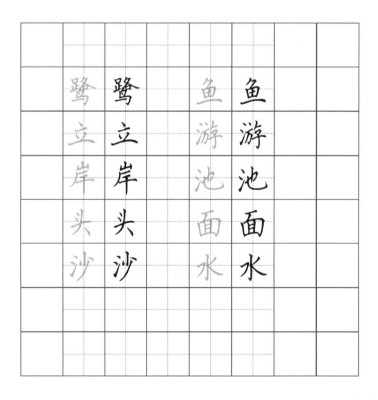

七 阳

尧对舜，禹对汤，晋宋对隋^{suí}唐。

奇花对异卉^{huì}°，夏日对秋霜。

八叉^{chā}手，九回肠，地久对天长。

一堤杨柳绿，三径^{jìng}°菊花黄。

闻鼓^{sài}°塞兵°方战斗，听钟宫女正梳妆。

春饮方归，纱帽半淹^{yān}邻舍^{shè}酒；

早朝^{cháo}初退，衮^{gǔn}衣°微惹御^{yù}炉香。

背诵小贴士：带读10遍，独读20遍，背诵10遍，考背5遍。

180

注释

卉：草的总称。

三径：西汉末年，王莽专权，时任刺史的蒋诩（xǔ）辞官归隐，回到家乡后，在院子里开辟了三条小路，平时闭门不出，只和求仲、羊仲交往。后以"三径"指代归隐者的家园。

鼓：古人行军作战以鼓为号令，击鼓则进军。

塞兵：守卫边塞的士兵。

衮衣：古代帝王及王侯穿的绣有龙的礼服，此处指官员上朝穿的官服。

译文

唐尧和虞舜相对，夏禹和商汤相对，晋宋和隋唐相对。奇花和异草相对，夏日和秋霜相对。两手交叉八次，愁肠多次回转，地久和天长相对。河堤上的杨柳绿了，道路边的菊花黄了。听到战鼓声，守边疆的士兵就准备投入战斗；听到钟声，宫女们便开始梳妆打扮。春日从邻家饮酒归来，纱帽上还沾着酒味；王公大臣刚下早朝，官服上仍微染着御炉的香味。

张老师讲《声律启蒙》

"禹对汤"里的"禹"是夏朝的奠基人，也是中国古代最有名的治水英雄。

传说上古时代，洪水泛滥，人们苦不堪言，当时的君王舜派大禹去整治洪水。大禹一去就是13年，其间"三过家门而不入"。

大禹跋山涉水，风餐露宿，走遍了当时的中原大地，发明了疏导治水的方法，不是堵截，而是疏通水道，让水顺利地流入大海。大禹每发现一个地方需要治理，就和当地百姓一起劳动，挖山掘石，从不喊累叫苦。

大禹还根据山川地理情况，将中国分为九个州：冀州、青州、徐州、兖（yǎn）州、扬州、梁州、豫州、雍州、荆州。治理山路，理通水脉后，大禹也治理九州的土地，该疏通的疏通，该平整的平整，很多地方都变成了肥沃的土地。

在大禹的努力下，昔日的水患消失了，农田变成了粮仓，人们又能安居乐业了。

竖撇要竖直

空间要均匀

三径菊花黄

三径菊花黄

一堤杨柳绿

一堤杨柳绿

八 庚

深对浅，重对轻，有影对无声。

蜂腰对蝶翅，宿^{sù}醉°对余酲^{chéng}°。

天北缺，日东生，独卧对同行。

寒冰三尺厚，秋月十分明。

万卷书容闲客览，一樽^{zūn}°酒待故人倾。

心侈^{chǐ}°唐玄，厌°看霓裳^{ní cháng}之曲^{qū}；

意骄陈主，饱闻玉树之赓^{gēng}°。

背诵小贴士：带读10遍，独读20遍，背诵10遍，考背5遍。

注释

宿醉：酒醉后经一夜尚未清醒的醉意。

余酲：残余的醉意。

樽：酒杯。

侈：认为……奢侈。

厌：满足。

译文

　　深和浅相对，重和轻相对，有影子和没声音相对。蜜蜂的细腰和蝴蝶的翅膀相对，宿醉和余酲相对。天空北面残缺了，红日从东方升起，独卧和同行相对。寒冰冻了三尺厚，秋天的月亮格外明亮。万卷书足够等闲客观览，一杯醇酒期待与故人共饮。内心放纵的唐玄宗，只满足于听《霓裳羽衣曲》；意气骄奢的陈后主，只知道日日聆听《玉树后庭花》。

张老师讲《声律启蒙》

"天北缺"是从女娲补天的故事中来的。

传说天是由东南西北四个方向的高山支撑起来的。水神共工与颛顼（zhuān xū）争夺天帝之位，共工失败，一怒之下撞断了西北方的天柱不周山。一时间，天向西北倾斜，引起了洪水泛滥，大火蔓延，人们流离失所。人类之母女娲看到这一幕十分痛心，决定补天。

女娲找来红、黄、蓝、白、青五种颜色的石头，炼成五色巨石，把天补好了。女娲担心天补得不结实，她又把背负天台山的神龟的四只脚砍下来作为支撑天的天柱。这样一来，人类头顶上的天空像帐篷似的张开来，再也不会塌了。

知识拓展

《玉树后庭花》是南北朝时期陈朝末代皇帝陈后主（名叔宝）所作。当隋兵攻入陈朝首都时，陈后主还在听《玉树后庭花》。南朝陈亡国后，《玉树后庭花》被后世视作亡国之音。

宿醉 玉树

 醉

左紧密

右偏长

最后一笔悬针竖

秋月十分明

寒冰三尺厚

九 青

红对紫，白对青，渔火对禅^{chán}灯。

唐诗对汉史，释典对仙经。

龟曳^{yè}尾◎，鹤梳翎^{líng}◎，月榭^{xiè}◎对风亭。

一轮秋夜月，几点晓天星。

晋士只知山简醉^{zhǐ}◎，楚人谁识屈原醒。

倦绣佳人，慵^{yōng}◎把鸳鸯文◎作枕；

吮^{shǔn}毫画者，思将孔雀写为屏。

背诵小贴士：带读10遍，独读20遍，背诵10遍，考背5遍。

注释

曳尾：拖着尾巴。

翎：羽毛。

榭：在土台上建的高屋。

山简醉：晋代名士山涛的儿子山简镇守襄阳时，每次到
高阳池，总是喝得大醉而归。

憪：懒散的样子。

文：同"纹"，绣出花纹。

译文

　　红和紫相对，白和青相对，渔船上的灯火和寺庙里
的青灯相对。唐诗和汉史相对，佛家典籍和道教经典相
对。乌龟拖着尾巴，仙鹤梳理羽毛，赏月的台榭和风吹
过的亭子相对。一轮明月挂在秋夜的空中，几颗星星闪
烁在拂晓的天上。晋朝人只知道山简嗜酒易醉，楚国人
有谁知道屈原清醒明理。美人绣花累了，懒得把鸳鸯绣
在枕头上；准备作画的画师，想着把孔雀画在屏风上。

张老师讲《声律启蒙》

"龟曳尾"这个典故出自《庄子》这部书。这部书是庄子及其后学著，庄子是道家创始人之一。

楚王听说庄子是一位了不起的人，便派使者前去请他出来做官。庄子对使者说："楚国有一只神龟，已经死去三千年了，楚王把它的壳用绸布包好，珍藏在匣子里，供奉在庙堂之上。你们说，这只龟是愿意死了留下壳享受尊贵的待遇，还是愿意活着，拖着尾巴在泥潭里自由自在地爬行呢？"

使者回答："当然是愿意活着。"庄子说："那就请回吧，我也愿意曳尾于涂中。"拒绝了楚王的邀请。

后世便以"曳尾涂中"比喻清贫但自由自在的隐居生活。

知识拓展

汉代史书的代表首推司马迁的《史记》和班固的《汉书》。《史记》开中国纪传体通史之先河，与《资治通鉴》并称为"史学双璧"。《汉书》是我国第一部纪传体断代史。纪传体是以人物为纲、按时间顺序，记述各个时代史实的史书体例。

渔火

 谁识

 识

言字旁
要写短
只字注意口莫大

几
点
晓
天
星

一
轮
秋
夜
月

十 蒸

儒对士，佛对僧，面友°对心朋。

春残对夏老，夜寝对晨兴。

千里马，九霄鹏，霞蔚对云蒸°。

寒堆阴岭雪，春泮°水池冰。

亚父愤生撞玉斗°，周公誓死作金縢。

将军元晖，莫怪人讥为饿虎；

侍中卢昶，难逃世号作饥鹰。

背诵小贴士：带读10遍，独读20遍，背诵10遍，考背5遍。

注释

面友：貌合神离的朋友，即表面上的朋友。

霞蔚对云蒸：像云霞般盛起，像云气般升腾，形容景物灿烂绚丽。

泮：融解，消散。

玉斗：玉制的酒器。

译文

儒和士相对，佛和僧相对，貌合神离的朋友和知心朋友相对。即将结束的春天和就要过去的夏天相对，夜晚睡觉和早晨起床相对。一日能行千里的骏马，一举能直冲云霄的大鹏，云霞升起和云气蒸腾相对。天气寒冷，山上堆满了积雪；春天到了，池里的寒冰逐渐消融。范增愤怒地击碎玉斗，周公祈愿代武王而死，祷告文册藏在金縢柜中。北魏将军元晖残暴专横，难怪世人讽他为"饿虎将军"；北魏侍中卢昶生性贪婪，被人称为"饥鹰侍中"。

张老师讲《声律启蒙》

"亚父愤生撞玉斗"说的是鸿门宴的故事。

鸿门宴发生前，项羽的军队有四十万人，驻扎在鸿门；刘邦的军队有十万人，驻扎在灞上。刘邦的部下曹无伤派人去项羽那里说刘邦想自立为王，项羽大怒，要派兵攻打刘邦。刘邦听到消息后，立刻赶到鸿门谢罪。

刘邦对项羽解释，自己并不想为王，项羽便设宴招待刘邦。席间，项羽的谋士范增（项羽尊称他为亚父）多次向项羽使眼色，要项羽杀死刘邦，但项羽始终不理会。范增只好出去让项庄进来舞剑助兴，趁机杀死刘邦。结果项羽的叔父项伯也舞起剑来，还处处掩护刘邦。刘邦见情况危急借口上厕所逃走了。

刘邦逃走时，让谋士张良转送一对玉璧给项羽，一双玉斗给范增。范增愤怒地将玉斗扔在地上，用剑将它击碎了。

从上向下

先中间再两边

上下布局需紧凑

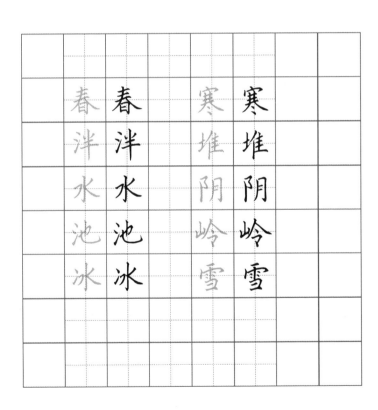

195

十一 尤

荣对辱，喜对忧，夜宴对春游。

^{yān}
燕关°对楚水°，蜀犬°对吴牛°。

茶敌睡，酒消愁，青眼对白头。

马迁修史记，孔子作春秋。

^{yóu} ^{zhào} ^{càn qiǎng}
适兴子猷常泛棹°，思归王粲强登楼。

^{chóng} ^{bìn}
窗下佳人，妆罢重将金插鬓；

^{yán} ^{huán}
筵前舞妓，曲终还要锦缠头。

背诵小贴士：带读10遍，独读20遍，背诵10遍，考背5遍。

196

注释

燕关：泛指燕国的关口、要塞。

楚水：泛指楚地的江河湖泽。

蜀犬：蜀地的狗。蜀地多雾，很少出太阳，每逢日出，狗就会惊叫。

吴牛：吴地的水牛。吴地的水牛怕热，看见月亮以为是太阳，也下意识地喘粗气。

棹：划船的一种工具，也代指船。

译文

　　光荣和屈辱相对，欢喜和忧愁相对，夜晚宴客和春天出游相对。燕关和楚水相对，蜀地对着太阳叫的狗和吴地对着月喘气的牛相对。茶能抵消睡意，酒能消除愁闷，阮籍的青眼和卓文君的白头吟相对。司马迁修编《史记》，孔子编写《春秋》。王子猷乘兴去拜访朋友兴尽而归，王粲因思乡而创作了《登楼赋》。窗下的佳人，梳妆后又将金饰插在发髻上；酒席前的舞伎，表演结束后看客以罗锦相赠，放在她们头上。

197

张老师讲《声律启蒙》

"适兴子猷常泛棹"说的是东晋王子猷雪夜访戴的故事，王子猷是王羲之的第五子王徽之，字子猷。

王子猷住在山阴（今浙江省绍兴市）。一个冬夜，下起了大雪。王子猷一觉醒来，打开窗户，一边吩咐仆人上酒，一边四下望去。雪把夜晚映照得银亮，天地一片洁白。面对此景，他再也睡不着，于是在室内徘徊，吟诵着西晋文学家左思的《招隐诗》。忽然间他想起了戴安道，可戴安道住在剡（shàn）县，离他有点远，他即刻连夜乘小船前往。花了一夜工夫才到，等到了戴家门前，他并未进去而是转身返回。

有人不懂问他为何这样，王子猷说："我本来是乘着兴致而来，兴致尽了就返回，何必一定要见戴安道呢？"

知识拓展

《春秋》，是孔子根据周朝鲁国的国史修订而成，是我国第一部按照时间先后编写的史书。《春秋》语言极为简练，古人能看懂的不多，大家又写书来解释它，被称为"传"，主要的传有三家：《左传》《公羊传》《穀梁传》。

上下结构莫写散
撇捺粗细有变化

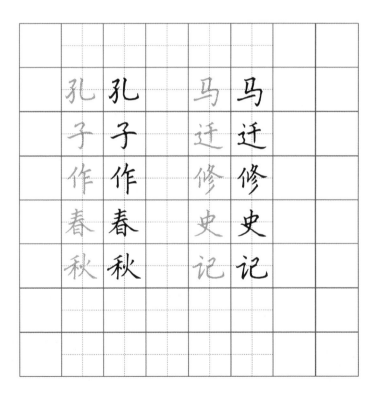

孔子作春秋　马迁修史记

199

十二 侵

前对后，古对今，野兽对山禽(qín)。

犍(jiān)牛°对牝(pìn)马°，水浅对山深。

曾(zēng)点°瑟，戴逵(kuí)琴，璞(pú)玉对浑(hún)金。

艳红花弄色，浓绿柳敷(fū)阴。

不雨汤王°方剪爪(zhǎo)，有风楚子正披襟(jīn)。

书生惜壮岁韶(sháo)华，寸阴尺璧°；

游子爱良宵光景，一刻千金。

背诵小贴士：带读10遍，独读20遍，背诵10遍，考背5遍。

注释

犍牛：被阉割过的公牛。

牝马：母马。

曾点：春秋时期鲁国人，和儿子曾参一起拜孔子为师，是孔子的首批弟子。

汤王：商朝第一代君王商汤。

尺璧：直径一尺的玉璧，形容很珍贵。

译文

　　前和后相对，古和今相对，野兽和山禽相对。阉割过的公牛和母马相对，浅浅的水和深邃的山相对。曾点弹瑟和戴逵摔琴相对，未雕琢的玉和未提炼的金相对。花朵显现着艳红的颜色，浓绿的柳树繁茂成荫。商汤时连续大旱，汤王剪下自己的头发、指甲祈求降雨；楚襄王游兰台宫，有风吹来，他用披襟挡着。读书人要珍惜壮年时的年华，一寸光阴一尺璧；在外游历的人喜欢良辰美景，一刻值千金。

张老师讲《声律启蒙》

"戴逵琴"说的是戴逵摔琴的故事。

戴逵是谁？就是上一课王子猷雪夜访戴的戴安道。戴逵得知后，大为赞赏地说："徽之不拘于礼，任情洒脱，真是我的知心朋友。"由此可见，戴逵也是一个至情至性的人。

东晋武陵王司马晞（xī）听说戴逵善于弹琴，就派人召他入府演奏。戴逵深以为耻，当着使者的面将琴砸碎，说："我戴安道不做王府的艺人。"

东晋名士谢安官至宰相，听说戴逵来京师了，便专程去看他。二人见面后，只谈文艺，十分投机。但据当时风俗，宰相会客，应以国事为先，只有和低贱的艺人才谈别的。因此在旁人看来，谢安就是在侮辱戴逵。但戴逵并不介意。经过这次交谈，双方都被对方的胸怀和才能所折服。

上扁下长横画直

点画之间要呼应

浓	浓		艳	艳		
绿	绿		红	红		
柳	柳		花	花		
敷	敷		弄	弄		
阴	阴		色	色		

十三 覃

将对欲，可对堪，德被对恩覃°。

权衡°对尺度，雪寺对云庵°。

安邑枣，洞庭柑，不愧对无惭。

魏徵能直谏，王衍善清谈。

紫梨°摘去从山北，丹荔传来自海南。

攘鸡非君子所为，但当月一；

养狙°是山公之智，止用朝三。

背诵小贴士：带读10遍，独读20遍，背诵10遍，考背5遍。

注释

覃：延长。

权衡：称重量用的秤。

云庵：建在高山顶上的房舍，云雾缭绕，故称云庵。

紫梨：传说涂山的北面出产一种梨，很大，为紫色，一千年开一次花。

狙：猴子。

译文

　　即将和想要相对，可以和能够相对，恩德遍布和广施恩泽相对。称重量用的秤和量长度的尺相对，雪中的寺庙和山顶的房舍相对。安邑盛产大枣，洞庭盛产柑橘，心中无愧和不难为情相对。唐代魏徵敢于直谏，西晋王衍擅长清谈。摘紫梨需到涂山的北面，红色的荔枝从海南传来。偷鸡不是君子应该做的，即使每月只偷一只；养猴还是山翁聪明，只不过是将橡子由早上三个晚上四个改为早上四个晚上三个罢了。

张老师讲《声律启蒙》

"魏徵能直谏"中的魏徵是历史上有名的敢于直接向君主提意见的大臣。

有一次,侍女奉茶给唐太宗,唐太宗一看茶杯都是旧银器,很不高兴,便把总管狠狠地训斥了一通。魏徵知道了后,便来对唐太宗说:"陛下为总管侍奉不好而发脾气,这不是好苗头。"唐太宗没好气地说:"国家殷实,国君花几个小钱有什么了不起?"

魏徵纠正道:"您是一国之君,您一开头,上行下效,整个社会就形成一种奢靡的风气。当年隋炀帝巡游,每到一地,经常责罚地方上贡的物品不精致。结果老百姓负担不起,最终丢了江山!您这样与亡国之君有什么分别?"

唐太宗听后大为震动:"除了你,他人是讲不出这种话的啊!"并很快改正了奢侈的做法。

知识拓展

"王衍善清谈"中的清谈是流行于魏晋时期的文化现象,类似于今天的辩论。魏晋名士以清谈为主要方式,针对本和末、有和无、动和静等有哲学意义的命题进行深入的讨论。他们只空谈哲理,不务实际。故清谈后泛指不切实际的谈论。

上面利要偏扁

下面木要居中

十四 盐

悲对乐，爱对嫌，玉兔对银蟾^(chán)。

醉侯对诗史，眼底对眉尖。

风习习，月纤纤，李苦对瓜甜。

画堂施锦^(jǐn)帐，酒市舞青帘。

横槊^(shuò)赋诗传^(chuán)孟德，引壶酌^(zhuó)酒尚陶潜。

两曜^(yào)迭^(dié)明，日东生而月西出；

五行^(xíng)式序，水下润而火上炎^(yán)。

背诵小贴士：带读10遍，独读20遍，背诵10遍，考背5遍。

注释

玉兔对银蟾：传说月宫中居住着玉兔和蟾蜍，所以玉兔和银蟾都代指月亮。

诗史：唐代杜甫的诗从各方面描写了安史之乱前后的社会现实和历史事件，堪称诗史。

青帘：古代酒家门口挂的幌子多用青布制成，所以也借指酒家。

槊：长矛。

译文

悲伤和欢乐相对，喜爱和嫌弃相对，玉兔和银蟾相对。醉侯刘伶和诗史杜甫相对，眼底和眉梢相对。风习习，月纤纤，苦李和甜瓜相对。华丽的屋子里挂着锦帐，喧闹的酒店门前飘动着青色的酒旗。曹操在赤壁所写的诗至今尚在流传，陶渊明拿着酒壶悠闲喝酒的情景令人神往。日月交替照耀大地，太阳从东方升起而月亮自西边出来；五行按规律运行，水流向下滋润万物而火向上烧带来温暖。

张老师讲《声律启蒙》

"横槊赋诗传孟德"中的孟德即曹操。

东汉末年，曹操平定了北方割据势力，控制了朝政。他亲率20万大军，到达长江赤壁，准备渡江消灭孙权和刘备，统一中原。

一天，天气晴朗，风平浪静，曹操下令在船上摆酒设宴，款待众将士。想到孙刘联军只有5万，再看看船上威风凛凛的众将士，曹操认为这场战争胜券在握，心情畅快无比。

席间，他高兴得取来长矛，立在船头，唱道："对酒当歌，人生几何……山不厌高，海不厌深，周公吐哺，天下归心。"以此抒发自己的豪情壮志。这首诗即是流传至今的《短歌行》。

赤壁一战，并未如曹操所愿，而是孙刘联军火烧赤壁，大败曹军。赤壁之战成了历史上著名的以少胜多、以弱胜强的战役之一，也为后来的三国鼎立奠定了基础。

帐

巾字旁

竖要长

旁边长字莫太宽

眼底对眉尖　醉侯对诗史

十五 咸

能对否，圣对贤，卫瓘对浑瑊。

雀罗对鱼网，翠巘对苍岩。

红罗帐，白布衫，笔格对书函。

蕊香蜂竞采，泥软燕争衔。

凶孽誓清闻祖逖，王家能乂有巫咸。

溪叟新居，渔舍清幽临水岸；

山僧久隐，梵宫寂寞倚云岩。

背诵小贴士：带读10遍，独读20遍，背诵10遍，考背5遍。

注释

卫瓘对浑瑊：卫瓘，魏晋时大臣、书法家。浑瑊，唐代名将，曾是郭子仪部将。

翠巘：青翠的山峰。

凶孽：凶恶的叛乱者。

乂：治理，安定。

梵宫：佛寺。

译文

能和否相对，圣和贤相对，卫瓘和浑瑊相对。捕雀的罗网和打鱼的渔网相对，青翠的山峰和苍苍的山岩相对。红色的纱帐，白色的布衫，笔架和书套相对。花蕊散发出花香引得蜜蜂竞相采蜜，春泥柔软能筑巢惹得燕子争相衔啄。东晋祖逖发誓荡清占领中原的敌人，术士巫咸把国家治理得井井有条。溪边老者，将居所建在清幽的溪水岸边；山僧隐居已久，佛寺寂寞地靠着高耸入云的岩石。

张老师讲《声律启蒙》

"凶孽誓清闻祖逖"中的祖逖是晋代著名将领。

西晋时，祖逖和好友刘琨一同担任司州主簿时，感情深厚，常常同床而卧。有一次，祖逖半夜里听到鸡叫声，认为这是上天在激励他上进，他推醒刘琨并提议以后半夜听见鸡叫就起床一起练剑，刘琨欣然同意。这就是成语"闻鸡起舞"的来源，比喻有志向建功立业。

西晋被西北少数民族所灭后，祖逖被东晋开国皇帝晋元帝司马睿任命为豫州刺史，率领部队北伐。祖逖欣然领命，积极北伐，收复失地。

当大军渡过长江，船行至江心时，祖逖敲着船桨发誓："不能清中原而复济者，有如大江。"意思是说，若不能平定中原，收复失地，自己就像这大江一样有去无回。后来，人们用"中流击楫"比喻立下誓言，发奋图强。

左边窄右边略宽

右边三撇有变化

	泥	泥		蕊	蕊		
	软	软		香	香		
	燕	燕		蜂	蜂		
	争	争		竞	竞		
	衔	衔		采	采		

背默小天才

晴对雨，地对天，天地对 □□ 。

楼阁 □□ 风飒飒，关河地隔雨潇潇。

□ 夭矫，□ 咆哮，北学对东胶。

春分对 □□ ，谷水对山涛。

闲捧竹根，饮 □□ 一壶之酒。

书生惜壮岁韶华，□□ 尺璧。

216